I0561538

LES

FEUILLES D'AVRIL

POÉSIES

PAR

PIERRE BARBIER

...Ego apis Matinæ
More modoque,
Grata carpentis thyma per laborem
Plurimum, circa nemus, uvidique
Tiburis ripas, operosa parvus
Carmina fingo.

Hor.

—o————————o—

PARIS

LEBIGRE-DUQUESNE FRÈRES, LIBRAIRES-ÉDITEURS

16, RUE HAUTEFEUILLE, 16

—

1857

LES

FEUILLES D'AVRIL 3729

Ye 14824 bis

SAINT-DENIS. — TYPOGRAPHIE DE DROUARD.

LES
FEUILLES D'AVRIL

POÉSIES

PAR

PIERRE BARBIER

...Ego apis Matinæ
More modoque,
Grata carpentis thyma per laborem
Plurimum, circa nemus, uvidique
Tiburis ripas, operosa parvus
Carmina fingo.

HOR.

PARIS

LEBIGRE-DUQUESNE FRÈRES, LIBRAIRES-ÉDITEURS

16, RUE HAUTEFEUILLE, 16

—

1857

A MES AMIS

A vous, mes bons amis, ces humbles vers,
dont vos bienveillants éloges ont encouragé la
publication ; à vous ce petit livre, l'expression
sincère de mes rêves, de mes espérances de
jeunesse, peut-être...... de mes illusions.

Puisse-t-il, soutenu, protégé par vous, com-
mencer heureusement son voyage et arrêter un
instant l'attention de ce juge impartial et sévère,
le public, dont tout auteur à son début ne pro-
nonce le nom qu'en tremblant. Puisse le modeste
succès que je désire me donner pour l'avenir
espérance et courage.

P. B.

A MES FEUILLES D'AVRIL.

Argiletanas mavis habitare tabernas,
   Cùm tibi, parve liber, scrinia nostra vacent.
Nescis, heu ! nescis dominæ fastidia Romæ :
. . . .
Ætherias, lascive, cupis volitare per auras :
   I, fuge; sed poteras tutior esse domi.

Tu le préfères donc; tu veux habiter les bouti-
ques d'Argilète et laisser vides les plis de mon
portefeuille. Hélas ! mon petit livre, tu ne connais
pas, non, tu ne connais pas cette Rome dédai-
gneuse.....
Tu prétends, étourdi, prendre ton vol en plein
air : va, fuis; mais tu pouvais rester plus en
sûreté au logis.
                                        MARTIAL.

Sur les tendres rameaux où vous venez d'éclore

Au soleil bienfaisant de la jeune saison,

Enfin, filles d'avril, le jour caresse et dore

   Vos verts tissus d'un frais rayon.

O vous que je fis naître, ô feuilles printanières,
Frêle espoir de l'été, quel sera votre sort...?
Sous les dards acérés des critiques amères,
    Allez-vous rencontrer la mort ?

De la sottise louche ou de la raillerie
Le venin corrupteur viendra-t-il vous flétrir ?
Sous l'ongle sans pitié de la boiteuse envie
    Demain vous verra-t-on périr?

Qu'ai-je fait? Je vous livre aux chenilles rongeuses....
De ces insectes vils, ah! comment vous sauver?
De la bise tardive et des nuits orageuses
    Rien ne pourra vous préserver.

Peut-être, sort cruel! dans cette foule immense,
Pauvres feuilles d'avril, nul ne vous sourira,
Tristes, vous passerez, et le morne silence
    Dans l'oubli vous rejettera.

Car le peuple aujourd'hui court avec frénésie
Des temples de Plutus assiéger les parvis;
Il raille le poëte, et de la poésie
    Déserte les bosquets fleuris.

Tel on vit, oublieux de la terre promise,
A l'aspect des veaux d'or, Israël ébloui
Mener l'horrible danse et rire de Moïse
    Dans les éclairs du Sinaï.

Que te font, ô Paris, les chants de tes poëtes?
Ils meurent étouffés sous tes accents fiévreux ;
L'idéal et le beau sont bannis de tes fêtes ;
    « De l'or ! voilà ce que tu veux.

» De l'or ! pour tes salons qu'ébranlent les quadrilles,
» Pour couvrir tes valets, pour payer tes amours :
» De l'or ! pour tes festins, tes chevaux et tes filles.....
    Et tu te lèves, et tu cours.

Rien ne t'arrête plus,... à moins que sur la place
Ne parade un bouffon aux ignobles lazzis ;
Tu l'entoures alors, tu ris de sa grimace,
        Et des deux mains tu l'applaudis.

Qui donc peut aujourd'hui, sans honte et sans colère,
Voir la Farce en honneur courir tes carrefours,
Quand d'Ovide en exil et de ton vieil Homère
        L'insulte empoisonne les jours !

Pourquoi te plaindre alors si, loin des monts sublimes,
Ceux qui tentent des arts les périlleux chemins,
Pour caresser tes goûts vont, dociles victimes,
        Glapir de lubriques refrains..?

Mais quoi ! lorsque la Muse a réveillé ma lyre,
Feuilles chères, j'allais pleurer votre abandon,
Et voilà que soudain de l'altière satire
        Je fais retentir le clairon...

Oh ! que longtemps encor l'Aquilon ou les neiges
Vous laissent aux rameaux verdir après l'été ;
Et que d'un doux regard parfois tu les protéges,
    Sexe charmant que j'ai chanté !

Si pourtant le destin rit de mon espérance,
Et si je dois vous voir, avant la fin du jour,
Au souffle de l'injure ou de l'indifférence,
    Mourir et tomber sans retour.

Puisse le ciel guider sous votre ombre naissante,
Au bruit des doux baisers, quelque couple amoureux,
Et qu'un instant du moins, la brise caressante
    Vous berce sur des fronts heureux !

    Paris, avril 1857.

AU COIN DU FEU.

J'ai toujours quant à moi beaucoup aimé les femmes ;
— J'en demande pardon à nos dévotes âmes :
Car je n'ignore point quelle est leur charité ; —
Non, je ne comprends pas qu'un homme puisse vivre
Pour bâiller à la lune ou maigrir sur un livre
Loin du sexe charmant qu'on nomme la Beauté.

Sans les femmes, la vie est un rosier sans rose,
Un bois où pour chanter nul oiseau ne se pose ;
C'est un repas sans vins, un cigare sans feu.....
« Bon ! disent nos lecteurs, d'où lui vient cette audace ?
» Y songe-t-il ? Venir nous lancer à la face,
» A nous, gens mariés, cet indiscret aveu !

» Juste ciel ! vont en chœur s'écrier vingt familles,

» On ne peut maintenant rien laisser lire aux filles ;

» Pour débuter ainsi, comment veut-il finir ? »

Mais lisez donc avant de crier au scandale ;

Si mon vers a parfois fait boiter la morale,

Les prudes aujourd'hui m'entendront sans rougir.

D'ailleurs j'ai soixante ans : c'est vous dire, ô lectrices,

Que je n'aspire plus à faire des caprices.

Jules dit : C'est un mal ; Paul répond : C'est un bien...

Tous les deux, dans leur sens, ils ont raison sans doute ;

Mais ce terrible aveu, vu mon rhume et ma goutte,

Ne peut vous compromettre et ne m'engage à rien.

En outre, je suis laid, laid d'une laideur rare,

Et je trouve en ce point la nature barbare ;

Car enfin il en est, comblés de ses bienfaits,

Qui sont beaux ou doués de ce qui rend aimable,

Quand j'ai les genoux tors, une bouchè effroyable,

L'œil louche, le nez gros, les pieds longs et mal faits.

Quel crime ai-je commis, ô marâtre nature,
Pour faire de mon être une caricature?
Pourquoi n'ai-je un nez grec, et les cheveux frisés,
Et la grâce et le teint qu'on admire en mon frère?
Et quel droit, quand le sort nous jeta sur la terre,
Avait-il à ces dons que tu m'as refusés?

Quand j'étais jeune et fou, je tenais ce langage,
Mais je suis devenu philosophe avec l'âge.
Tout dans l'œuvre de Dieu concourt à l'unité:
L'ombre plus vivement fait briller la lumière;
Pour faire aimer le bien le mal est nécessaire,
Et si nul n'était laid, où serait la beauté?

Le moyen d'être heureux, c'est d'être exempt d'envie,
Et pour n'envier rien, il faut voir dans la vie
Tous ceux que le hasard a mis plus bas que soi;
Ainsi je me console et souris d'espérance,
Voyant sur mon chemin vivre avec patience
Un plus laid, un plus vieux, un plus souffrant que moi.

Mais revenons à toi, bon lecteur qui me blâme.

Parlant en général, j'ai dit : J'aime la femme ;

Oui, mais je n'ai pas dit un seul mot sur l'amour.

Parler d'amour !.. bon Dieu, quel crime épouvantable !

Et tu serais, lecteur, trouvant mon cas pendable,

Et ne te fâchant point, très-pendable à ton tour.

Ici donc, c'est compris, l'amour n'a rien à faire.

Pourtant l'amour... mais non, j'ai promis de me taire,

Et quand on a promis, il faut savoir tenir.

« Tout cela, direz-vous, est peu compréhensible :

» Il méprise l'amour et se prétend sensible

» Aux attraits de la femme... où veut-il en venir ? »

Avant de me juger, laissez-moi me défendre.

Une comparaison me fera mieux comprendre :

Le jardinier fleuriste aime toutes les fleurs,

L'une et l'autre avec soin il cultive, il arrose ;

Le parfum le ravit dans l'œillet ou la rose ;

Le dahlia lui plaît par ses riches couleurs.

Comme il aime les fleurs, j'aime, et sans espérance,
Chaque femme ici-bas, toutes sans préférence ;
La brune aux regards vifs me plaît par sa gaieté ;
La blonde me séduit par sa mélancolie ;
La laide est à mes yeux par la grâce embellie ;
Florine a de l'esprit, Elise a la bonté.

Il est des gens qui vont débitant sur les femmes,
Dans un cynisme affreux, mille propos infâmes ;
Ce sont les gens vieillis, au cœur las et blasé ;
Ils flétrissent la femme en convives stupides,
Qui, pris par le dégoût, brisent leurs coupes vides
Et maudissent le vin dont ils ont abusé.

Je les plains de grand cœur et fuis leur compagnie.
Les femmes, selon moi, sont les fleurs de la vie ;
Le sage les protége et craint de les ternir.
Heureux celui qui sait, prolongeant son délire,
Partisan de Platon, de la fleur qu'il admire
Savourer le parfum sans oser la cueillir !

2

Moi, je suis ainsi fait, dois-je donc me refaire ?
Chacun est, après tout, gourmand à sa manière :
Vous aimez le champagne, et moi le chambertin ;
J'adore le veau froid, et vous les écrevisses ;
Vous vous feriez fouetter pour un plat de saucisses,
J'ai failli me damner pour cinq sous de boudin.

Je veux à ce propos vous conter une histoire.
C'était.... en dix-sept cent, si j'ai bonne mémoire.
Le fait est plein d'attraits, bien qu'il soit déjà vieux ;
Je le tiens d'un cousin qui le sait par sa mère ;
Elle-même l'apprit de son propre grand-père,
Dont l'oncle l'avait vu, vu de ses propres yeux.

Or, du temps dont je parle à l'époque où nous sommes,
Mille incidents divers ont bien changé les hommes.
Jadis le cœur toujours restait jeune et joyeux :
On vivait en famille, et l'on dînait sans gêne ;
On chantait, on aimait jusqu'à la soixantaine,
On riait davantage, et l'on se portait mieux.

Aujourd'hui que voit-on? Des jeunes gens moroses,
Ennuyés, ennuyeux, blasés sur toutes choses,
Effeuillant à plaisir les fleurs de leur printemps ;
Ah ! c'est pitié vraiment que ces vieillards imberbes,
Sceptiques et railleurs dans leurs discours superbes,
Portant une âme sèche en un corps de vingt ans !

« Moi ? des illusions ?.... Que venez-vous me dire ?
» De quoi cela vit-il ? Mon cher, vous voulez rire ;
» Si j'en eus autrefois, il ne m'en souvient plus.
» Les croyances, les mœurs, l'amour, la poésie ?....
» Tous ces biens sont très-beaux, mais point ne les envie...
» Ils sont gênants parfois, et toujours superflus.

» Ce sont de vains jouets dont l'enfance s'amuse ;
» Nous sommes positifs et rien ne nous abuse.
» Je vous trouve charmant avec votre candeur ;
» Que vous êtes naïf !... » Oui, voilà le langage
De mon petit neveu, qui se crut grand et sage,
Quand il se mit un chiffre à la place du cœur

Puis ces petits messieurs, à la femme avilie
Jetteront en raillant l'affront et l'infamie ;
Ils rediront bien haut que le sexe est changeant,
Prude et coquet, bégueule et plein de goûts frivoles,
Et viendront vous prouver, par de belles paroles,
Que la femme, elle aussi, n'aime rien... que l'argent.

Qui donc accusez-vous ? N'est-ce pas votre ouvrage,
Vous qui n'épargnez rien dans votre persiflage,
Qui vous faites un jeu de tout satiriser ?
Lorsque le sentiment meurt sous le ridicule,
Toute femme devra garder avec scrupule
Des mœurs que son mari se plaît à mépriser !...

Soyez justes enfin... Tout doux ! allez-vous dire,
Quelle mouche vous pique ou quel dieu vous inspire ?
Ecoutez un conseil : Si vous êtes jaloux
De singer Bossuet, d'écraser Lacordaire,
Endossez un surplis et tonnez dans la chaire ;
Quand on s'éveillera, l'on parlera de vous.

Je m'attendais, enfants, à cette raillerie.

Hélas! tous les vieillards n'ont-ils pas la manie

D'entamer des sermons et d'être beaux parleurs?

On croit faire merveille, on ne dit rien qui vaille.

Allez.... si quelque jour la goutte vous travaille,

Vous serez, comme nous, taquins et querelleurs.

Mais, s'il vous plaît, lecteurs, finissons notre histoire.

C'était en dix-sept cent... Eh bien! mon auditoire

Bâille, n'ouvre qu'un œil et s'étire les bras....

Bonne nuit! Quant à moi, tant douce soit ma chaise,

Je préfère un bon lit pour ronfler à mon aise.

— Marguerite?—Monsieur?—Viens bassiner mes draps.

LA BERCEUSE.

Petit ange de la terre
Au front candide et vermeil,
Ferme, ferme ta paupière,
 Et ta mère
Veillera sur ton sommeil.

Dors, enfant, la nuit s'avance
Et s'étend sur le hameau;
Dors, c'est ma main qui balance,
 En cadence,
Ton frêle et riant berceau.

Au duvet où tu reposes
Ton front mêle sa blancheur,
Et tes lèvres demi-closes
    Ont des roses
Le parfum et la fraîcheur.

L'Enfant-Dieu dont les louanges
Sont douces à notre foi,
Environné de ses anges,
    Dans ses langes
Était couché comme toi.

Dors, dors; on dit que ton âge
Dans ses rêves voit le ciel,
Des anges dont le visage
    Est l'image
De celui de l'Éternel.

Qu'il entend comme une lyre,
Comme de divins concerts,
Comme une voix qui soupire,
    Puis expire
En s'éloignant dans les airs...

De ce monde tous les charmes
S'offrent à toi, mon enfant;
Tu vis sans soins, sans alarmes,
    Et tes larmes
Durent à peine un moment.

La tristesse et la souffrance
Ne pèsent point sur ton cœur;
Dans sa tranquille innocence,
    Ton enfance
Ignore encor la douleur.

Tes jours sont dignes d'envie,
Mais trop tôt, ô mon amour !
Tu sauras que dans la vie
          Tout s'oublie
Et s'écoule sans retour.

Tu suis le torrent des âges
Porté sur un flot d'azur,
Mais bientôt, loin des rivages
          Les orages
Troubleront ce flot si pur.

Tu sauras que la jeunesse,
Ses passions, ses désirs,
N'apportent jamais l'ivresse
          Sans tristesse,
Amertume ou déplaisirs.

Ah ! dans ta course rapide,
Prends ta mère pour soutien ;
La sagesse pour égide,
Dieu pour guide,
Et l'amitié pour seul bien !

— Mais là finit sa prière,
Car l'enfant au front vermeil
Avait fermé sa paupière,
Et la mère
Berça longtemps son sommeil.

LE VAINCU DE CORINTHE.

Le monde était en feu ; Rome, jeune et puissante,
Portait dans l'univers sa valeur triomphante ;
Son bras avait brisé les trônes de vingt rois,
Et vingt peuples tremblaient sous son joug et ses lois.
De combat en combat, de victoire en victoire,
Traçant avec l'épée une immortelle histoire,
De tout peuple vaincu, cette fière cité
Étouffait les tyrans avec la liberté.
Ses pas avaient foulé la terre de Carthage ;
La Grèce était en pleurs ; ses fils, dans l'esclavage,
Sur des bords étrangers maudissaient leurs vainqueurs.

3

S'ils avaient pu du moins conserver dans leurs cœurs
L'espoir de l'opprimé, l'espoir de la vengeance !...
Mais non ; c'en était fait... leur dernière espérance,
Corinthe, elle à son tour, voyait sur ses remparts
Des fils de Romulus flotter les étendards.

La veille avait eu lieu la dernière bataille,
Et l'on voyait encore, épars sur la muraille,
Les cadavres sanglants de ces héros martyrs,
Qui, frappés par la mort, à leurs derniers soupirs,
Prêtaient encor leur voix aux chants de la patrie ;
Embrassaient en pleurant cette terre chérie,
Et mouraient satisfaits, s'ils avaient répété
Le cri des nobles cœurs, le cri de Liberté !....
Des drapeaux, saints débris de leur antique gloire ;
Des coursiers qui jadis volaient à la victoire,
Coursiers fiers de donner des ailes au trépas,
Tombés avec leurs maîtres au milieu des combats ;
Des casques mutilés, des lances, des épées

Éparses dans la fange ou dans le sang trempées ;
Un vaincu, dont le front brille encor de fureur,
Reposant dans la mort sur le sein d'un vainqueur ;
Des clairons qui portaient le plus lâche au carnage
Et soufflaient dans les cœurs la force et le courage ;
Répandus sur l'arène, et luisant au soleil,
Présentaient de la mort le funèbre appareil.

Mais soudain les accords frémissants d'une lyre,
Une voix qui tantôt gronde, pleure ou soupire,
Répandent dans les airs un chant mélodieux.
Est-ce une voix humaine, ou vient-elle des cieux ?
Est-ce un chœur de triomphe, est-ce un chant de détresse ?
Écoutez, écoutez, c'est un fils de la Grèce,
Un héros dont le luth, inondé de ses pleurs,
Regrette la patrie et chante ses malheurs :

« Terre sacrée, ô Grèce ! ô patrie immortelle !
» La gloire sur nos fronts a replié son aile,

» Et livré nos remparts aux Romains conquérants.

» Ah ! que dis-je ? c'est peu que sa main t'abandonne,

    » Hélas ! elle te donne

    » Ces Romains pour tyrans !

» Toi qui sur les deux mers régnais en souveraine,

» Aux yeux des nations dont tu bravais la haine,

» Aux yeux de l'univers jaloux de ta grandeur,

» Le jour où ta puissance allait être éternelle,

    » Une cité nouvelle

    » Efface ta splendeur !

» Dans le stupide orgueil de sa force guerrière,

» Ton vainqueur ignorant jette dans la poussière

» Nos monuments sacrés et nos temples détruits,

» Et, condamnant nos cœurs aux plus rudes épreuves,

    » Nous ravit les chefs-d'œuvre

    » Des pinceaux de Zeuxis !

» Quoi ! notre liberté par le glaive asservie,

» Sous un joug si barbare honteusement se plie !..

» O guerriers ! levez-vous ; Grèce, réveille-toi ;

»Viens creuser pour ce peuple un tombeau dans tes plaines ;

     » C'est trop porter des chaînes

     » Sous cette affreuse loi !

» Patrie et Liberté, ces saints noms que j'adore,

» Frères, dans nos malheurs invoquons-les encore !

» Revenons au combat, vengeons la Liberté,

» Et, dans le monde entier, qu'au jour de délivrance,

     » Avec notre vengeance

     » Ce grand nom soit porté.

» Et vous, heureux guerriers, vous qui sur nos murailles

» Avez à son salut voué vos funérailles,

» Puissent, dans le transport d'un généreux amour,

» Avec leurs propres fers tous les Grecs en alarmes,

     » Forger encor des armes

     » Pour nous venger un jour ! »

                                        3.

Il dit, puis essuyant ses pleurs sur son visage,
Pend sa lyre aux rameaux d'un chêne du rivage.
Mais alors un guerrier, un vainqueur, un Romain
S'approche du héros, et, lui tendant la main,
Lui dit en souriant : « Mummius te pardonne,
» Il te rendra les tiens ; va, sois libre, il te donne
» La douce liberté que tu viens de chanter ;
» Pour que ton noble cœur n'ait rien à regretter,
» Au gré de ton désir, va prendre pour asile
» A Rome ou dans la Grèce un séjour plus tranquille,
» Car dans tout ennemi sous nos pieds abattu
» Nous aimons le courage autant que la vertu.
» Chante la liberté ; les peuples d'Hespérie
» Ont gardé comme toi l'amour de leur patrie,
» Leur âme s'est émue à tes accords touchants,
» Et tous leurs souvenirs revivent dans tes chants. »

A ces mots, du héros le regard étincelle ;
Levant son front, armé d'une fierté nouvelle :

« Que viennent aux vaincus demander les vainqueurs?

» Partir? quitter la Grèce en proie aux ravisseurs?

».Non; le fils doit savoir souffrir avec sa mère! »

Et d'une voix plus sourde où tremble la colère :

« Des noms des citoyens son nom est rejeté ;

» Il périt dans l'opprobre, et la postérité

» Poursuit dans ses enfants sa mémoire flétrie,

» Le guerrier sans pudeur qui, voyant sa patrie

» Expirer dans les fers sous un joug étranger,

» Sourit à ses tyrans et meurt sans la venger ! »

LES DINERS D'AMIS [1].

Mes amis, Bacchus nous rassemble,
Avec Momus et la Gaieté ;
Que sur nous ils règnent ensemble,
Et jurons-leur fidélité.
Livrons d'avance à leur empire
Les instants qui nous sont promis :
C'est pour boire, chanter et rire
Que sont faits les dîners d'amis.

[1] Ces couplets ont été mis en musique par M. Jules Ward.

Dans un banquet où la tristesse
Et la grandeur iront s'asseoir,
Grâce à la faveur d'une altesse,
Je devais paraître ce soir.
On m'attendait chez la coquette
Dont les vœux aux miens sont soumis :
J'ai laissé grandeur et conquête
Pour un dîner de gais amis.

Il est peu d'heures dans la vie
Que la peine cède au plaisir ;
Ah ! quand ce dernier nous convie,
Mes amis, sachons en jouir.
Car, loin de nos frondeurs sévères,
Rien n'est plus doux, à mon avis,
Que d'entendre le choc des verres
Dans un dîner de gais amis.

Laissez-moi, par des vœux sincères,

Terminer ici mes couplets;

Qu'aimer et travailler en frères

Soit notre devise à jamais!

Et puisqu'il faut que la mort vienne

Glacer nos fronts épanouis,

Que du moins elle nous surprenne

Dans un dîner de gais amis.

AUX VIEILLARDS GRONDEURS.

Qui donc ne cherche à plaire, et qui n'est animé
Par le besoin si doux d'aimer et d'être aimé?
Dans la fange ou les fleurs des sentiers de la vie
Qui donc pour s'appuyer ne demande une amie?

Vieillards aux yeux mourants, cœurs tendres autrefois,
Devenus avec l'âge insensibles et froids,
Ah!... vous raillez l'amour et condamnez ses chaînes...
Mais lorsqu'un sang de feu bondissait dans vos veines,
Quand vous ne marchiez pas voûtés, et que le temps
N'avait pas sur vos fronts tant écrit de printemps,
Qui de vous, ô vieillards, n'a pas livré son âme
Aux longs épanchements de l'amour d'une femme?

4

Qui n'a versé des pleurs sur un front adoré ?
Oh ! qui n'a suspendu son regard enivré
Aux regards enchanteurs d'une jeune maîtresse ?
Que vous étiez jaloux d'un mot, d'une caresse,
D'un baiser !... O vieillards, vous riez de pitié :
Espoir, tourments, bonheur, oui, tout est oublié.
Vous regardez la tombe, et la peur qui vous glace
A rivé sur vos cœurs une triple cuirasse.
Dans vos nuits sans sommeil, vous ne revoyez pas
Vos anges envolés vous tendre encor les bras ?...
Vous ne revoyez plus leurs bouches vous sourire,
Se pencher sur la vôtre, et, tout bas, vous redire
Ces paroles d'amour qui faisaient autrefois
Bondir votre poitrine et trembler votre voix ?...

Ah ! qu'elle ait en mépris, la beauté qui m'inspire,
L'amour dont elle est cause et que chante ma lyre !
Sans écouter mes vers, qu'elle les jette au vent,
Ou que le froid tombeau m'engloutisse vivant,

Quand mon cœur bat encor, qu'il aime et qu'il espère,
S'il faut que de ses traits et de sa voix si chère
L'oubli me vienne prendre, alors que de mon front
Mes cheveux argentés un à un tomberont !...
O Peneus, jamais une nymphe plus belle
N'a contemplé ses traits dans ton cristal fidèle,
Ni cherché pour dormir l'abri de tes roseaux,
Ou troublé dans ses jeux le calme de tes eaux.
Vous, qu'Apollon protège, ô forêts d'Érymanthe,
Vous ne vîtes jamais dryade plus charmante,
Fuyant avec des cris un satyre amoureux,
Suivre d'un pas léger vos contours ténébreux,
Et toi, pays aimé, qui tous deux nous vit naître,
Jamais sous ton beau ciel tu ne verras peut-être,
Pour animer le luth d'un poëte rêveur,
Rien de plus enivrant, rien de plus enchanteur.
Que d'instants je voudrais retrancher de ma vie
Pour qu'elle m'aime un jour ! Combien mon cœur envie
Les transports de l'amant qui pourra déposer
Sur sa bouche timide un amoureux baiser,
Et qui, par sa tendresse apaisant ses alarmes,

Entendra ses aveux, ses soupirs pleins de charmes,

Lorsque le blanc tissu qui protége son sein,

Gardien des doux trésors, tombera sous sa main...

Pourquoi lever l'épaule, ô vieillesse grondeuse ?...

Renferme le mépris de ta raison moqueuse ;

Et puisse le récit de nos jeunes amours

Ramener ta pensée à tes premiers beaux jours !

RENDEZ-VOUS

Tu connais cette longue allée
Où du ciel la voûte est voilée
    Par des tilleuls ;
C'est là que ton amant t'appelle.
Oh ! viens, Élise, viens, ma belle,
    Nous serons seuls !

Pour m'enivrer de ton haleine,
Pour que je presse dans la mienne
    Ta blanche main,
Pour que je puisse, enfin, entendre,
Après l'adieu, ta voix si tendre
    Dire : A demain !

Là, tu viendras à l'heure sombre,
Où le regard se perd dans l'ombre,
    Où tout s'endort,
A l'heure du dernier quadrille,
Où dans le ciel renaît et brille
    L'étoile d'or.

Là, je pourrai, ma bien-aimée,
Savourer l'odeur embaumée
    De tes cheveux,
Quand, tout bas, tes lèvres vermeilles
Murmureront à mes oreilles
    De longs aveux !

Enfants que l'amour seul rassemble,
Élise, nous pourrons ensemble
    Longtemps causer.
Je sais le charme et la tendresse
De ton regard, mais non l'ivresse
    De ton baiser...

Tu me diras si ta pensée
A mon souvenir est bercée
   D'un doux espoir,
Ou bien si ton âme ingénue
Est ravie et se sent émue
   Rien qu'à me voir !...

Si tu n'as que moi dans ton rêve ;
Que le jour naisse ou qu'il s'achève,
   Parmi le bruit,
Parmi tes fleurs ou sous l'ombrage,
Tu me diras si mon image
   Partout te suit.

Moi, je te dirai que je t'aime,
Que j'ai mis mon bonheur suprême
   Dans tes amours,
Que pour toi seule je respire,
Et que mon tendre cœur désire
   T'aimer toujours !

AUX BORDS DU LAC.

Le ciel est pur,
L'onde soupire,
S'avance, expire,
Roule et retire
Son flot d'azur ;
Sur ma nacelle
Légère et frêle
Son bruit se mêle
Au doux zéphir ;
Devant ma proue
L'écume joue,
Et va mourir

Sur le rivage
Qu'un vert feuillage
Abrite encor.

Déjà l'aurore
Brille, et colore
D'un rayon d'or,

Et la campagne,
Et la montagne,
Et les coteaux ;

Déjà la brise
Chante et se brise
Dans les roseaux.

O viens, ma belle,
Dans ma nacelle,
Voguons tous deux,

Le vent secoue,
Et sur ta joue
Frappe et dénoue
Tes blonds cheveux ;

Ta blanche robe
Qui me dérobe
Tous tes appas
Enfle et déploie
Ses plis de soie
A chaque pas.
Viens, car Zéphire,
L'eau qui soupire...
Tout semble dire :
« Aimez toujours ;
Jamais la vie
N'est bien remplie
Sans les amours. »

Je sais une île,
Séjour tranquille,
Riant asile
Aux bords fleuris,
Où la fougère

Prête au mystère
De doux abris.
Là tout vous charme,
Tout vous séduit,
Jamais alarme
Ne vous poursuit ;
Nul n'y désire
Repos du cœur,
Tout y respire
Joie et délire,
Calme et bonheur.
Et, sur ces plages,
Dans les bocages
Les plus charmants,
C'est là qu'ensemble
L'amour rassemble
Tous les amants.
Viens, car Zéphire,
L'eau qui soupire...
Tout semble dire :
« Aimez toujours ;

Jamais la vie
N'est bien remplie,
Sans les amours. »

MES RÊVES

A M. F. BILLIOTET [1].

Ami, quand j'eus fini de relire vos pages,
Je sentis sur mon front passer quelques nuages,
Je sentis que mes yeux se remplissaient de pleurs ;
Entre mes souvenirs mon âme était froissée :
Car vos touchants adieux reportaient ma pensée

      Sur mes propres douleurs.

[1] En réponse à des vers intitulés : PARTONS.

Un jour, ainsi que vous, un jour... bientôt peut-être
En les quittant, hélas ! aux lieux qui m'ont vu naître,
Ma lyre jettera d'aussi tendres adieux !
Un jour, loin de ces bords que chérit mon enfance,
J'irai, plein de regrets mais riche d'espérance,
      Vivre sous d'autres cieux.

Tous les songes dorés sont fils de la jeunesse,
Et je suis dans cet âge où tout est douce ivresse,
Où l'âme se consume en de vastes désirs ;
Moi, je ne rêve point votre séjour tranquille
Où l'on goûte en repos, loin des bruits de la ville,
      De champêtres plaisirs.

Je veux porter mes pas sur de lointains rivages ;
Je veux voir l'Océan, son calme et ses orages ;
Braver sur un esquif la fureur de ses flots ;
Contempler à mes pieds ses ondes fugitives ;
Rêver à son murmure et faire de ses rives
      Résonner les échos.

Je veux chercher ces lieux aux souvenirs antiques,
Ces monts et ces déserts où des voix prophétiques
Annonçaient le Messie au peuple du Seigneur,
Au temps où l'on voyait devant l'arche sacrée
Les vierges de Sion, sur la harpe dorée,
      Chanter en son honneur!

Je veux gravir aussi les sentiers du Calvaire;
Je veux m'agenouiller pour embrasser la terre
Empreinte encor du sang que le Christ a versé;
Et devant le foyer des croyances divines,
Oui, je veux de mes mains, sur ces saintes ruines,
      Fouiller dans le passé!

Je veux prier un jour dans la ville éternelle
D'où nos preux autrefois ont chassé l'infidèle,
Et planté sur ses murs l'étendard de la croix;
Et parcourir ces champs, fameux dans notre histoire,
Foulés par cent combats et qu'illustra la gloire
      Du plus saint de nos rois.

                    5.

Je veux voir l'Italie et sa ville orgueilleuse

Qui, dans ses premiers jours puissante et belliqueuse,

Élevait jusqu'au ciel ses superbes remparts,

Et qui n'est plus pour nous qu'une cité féconde

En riches souvenirs, et plus rien pour le monde

      Qu'un temple de vieux arts !

Sur les coteaux déserts de l'ancien Capitole

Où le grand peuple-roi portait la fière idole

Que le sort des combats lui donnait pour un jour ;

Ou, troublant des martyrs les tombes souterraines,

Je veux jusques au soir, dans mes courses lointaines,

      M'égarer tour à tour.

Je veux errer longtemps sur les roches brûlantes

Que le Tibre polit de ses vagues bruyantes ;

Voir de ces vieux Romains les monuments épars ;

Contempler de leurs dieux les restes poétiques,

Et fouler sous mes pieds les débris des portiques

      Où régnaient les Césars !

Je veux de l'Anio voir les charmants rivages ;

Aú vallon de Tibur, et sous ses frais ombrages,

Redemander l'écho d'un luth mélodieux ;

M'égarer dans les bois où se cachait Virgile

Pour chanter les bergers et leur bonheur tranquille,

      Les héros et les dieux !

Car parmi les débris de ces grandeurs passées,

Et cherchant sur le sol leurs traces effacées,

Que le temps qui n'est plus doit nous paraître beau !

Que l'âme de plus haut doit dominer la terre

Quand on frappe du pied le marbre solitaire

      D'un illustre tombeau !

Sur tous les bords lointains qui parlent des vieux âges

Je veux trouver encor de brillantes images.....

Mais quoi ! vous souriez de mon futile espoir !

Comme tout ici-bas il deviendra peut-être

Pareil à cette fleur que l'aurore fait naître

      Et qui tombe le soir.

Oh ! je le sais, ami, je le sais... mais qu'importe !
Je laisse ma pensée où le charme l'emporte
S'élancer et se perdre en l'obscur avenir ;
Comme vous, j'ai ma part des faiblesses humaines :
Laissez-moi, laissez-moi ces espérances vaines
        Dont j'aime à me nourrir !

Dans un constant bonheur passant votre jeunesse,
Vous, ami, vous n'aurez, aux jours de la vieillesse,
De vos ans écoulés qu'un riant souvenir ;
Votre vie ici-bas, comme une onde limpide,
Glissera sur des fleurs, sans qu'un vent ne la ride
        Et n'ose la ternir !

Sous le toit paternel, puisque votre doux rêve,
Une heure interrompu, se renoue et s'achève,
Goûtez donc le repos dans notre humble cité ;
Satisfait des douceurs qu'un tendre amour vous donne,
Qu'enfin, léger d'ennuis, votre cœur s'abandonne
        A sa félicité !

Moi, quand je finirai mon exil volontaire,

Puissé-je, en abordant sur la rive si chère

Qui vit mes premiers jeux et mes premiers amours,

N'avoir à mon foyer aucune place vide,

Et trouver, comme vous, une vierge candide

      Pour embellir mes jours!

Si jamais je vous quitte, ô vallons, ô montagnes,

Vous, bois silencieux, et vous, douces campagnes,

Que trois fois six printemps je vis déjà fleurir,

Las de livrer ma voile aux fureurs des orages,

Un jour, sous les abris de vos heureux ombrages

      Je reviendrai mourir!

                        1852.

L'AGONIE.

La mort a ranimé ma lampe funéraire
    Éteinte au souffle de l'espoir,
De l'espoir qui me fuit, et, sourd à ta prière,
    Près de nous ne vient plus s'asseoir.

Dans mon triste séjour, oui, la prochaine aurore
    Ne doit éclairer que ton deuil,
Ange, dont les doux soins m'accompagnent encore
    Jusqu'aux portes de mon cercueil ;

Assise à mon chevet, pendant que je sommeille
    Tout à coup tremblante d'effroi,
Tu ressaisis ma main, ta douce voix m'éveille
    Et dit : Mon amant, parle-moi !

Tu me souris en vain ; tes paupières humides
    S'abaissent et couvrent de pleurs
Mon front où, par tes mains autrefois plus humides,
    L'amour entrelaçait des fleurs.

Te souvient-il du jour où, rêveuse et si tendre,
    Sur le gazon naissant des bois,
Tu vins sous le vieux chêne où je devais t'attendre,
    T'asseoir pour la première fois ?

Le soir avait jeté le calme et le mystère
    Sous le dôme azuré des cieux,
Et l'on n'entendait plus que l'hôte solitaire
    Du bocage silencieux ;

Nous n'avions pour témoins sous le feuillage sombre
    Que les étoiles de la nuit,
Et de nos doux soupirs qui se mêlaient dans l'ombre
    Les brises emportaient le bruit...

O riant souvenir, dans mon âme oppressée
    Reviens, reviens encor t'offrir ;
Soulage ma souffrance et charme ma pensée,
    Jusqu'à l'heure où je dois mourir.

Mourir !... oui, les oiseaux, sous le naissant feuillage,
Font de leurs chants d'amour retentir le bocage,
    Les fleurs des prés vont se rouvrir,
Les airs vont s'embaumer des doux parfums de Flore,
Et moi, je dois, hélas ! ne plus les voir éclore
    Ces fleurs que j'aimais à cueillir !

6

L'approche des beaux jours ramène l'hirondelle,
Et dans nos champs parés de verdure nouvelle
    Tout s'égaie et va s'embellir,
Et moi, comme la fleur dès l'aube moissonnée,
Au souffle de la mort, ma jeunesse fanée
    Tombe pour ne plus refleurir !

Le soleil a rendu le gazon aux prairies,
Le ciel devient riant, et de roses fleuries
    Nos verts buissons vont se couvrir ;
Les frimas sont passés, le printemps vient de naître,
Tout retrouve la vie, et moi, demain peut-être,
    Ce printemps me verra mourir !

Lyre que j'adorais, ma plus chère espérance,
Présent sacré du ciel, trésor de mon enfance,
    Reçois mes plus tendres adieux !
Lorsque l'esprit divin m'embrasait de sa flamme,
O lyre, qui n'avais pour répondre à mon âme
    Que des accords mélodieux !

A mon dernier moment, que ta fibre sonore,

Pour calmer mes douleurs, me fasse entendre encore

    Un son pour mêler à ma voix ;

Avec l'airain pieux sonnant mon agonie,

Sous mes doigts défaillants, pleure, lyre chérie,

    Pleure pour la dernière fois.....

Puisse mon dernier chant porter ma renommée

    Dans l'avenir mystérieux !

Puisse... Mais quoi ! Je chante, et de ma bien-aimée

    Des larmes remplissent les yeux !

Ma voix a des concerts quand son bras, sur ma couche,

    Soulève mon corps affaibli !

Quand la douce chaleur des baisers de sa bouche

    Vient ranimer mon front pâli !...

Chanter ! Ah ! que plutôt ma lyre soit muette,

    Qu'elle se brise avant mes jours !...

Crois-moi, chère, en partant, mon âme ne regrette

    Que la douceur de tes amours.

Entraîné par la mort sur le fatal rivage,
        Hélas! quand il te quittera,
Et son nom et ses chants sont le seul héritage
        Que ton amant te laissera.

Pour ce nom, pour ces chants, qu'il invoque la gloire!
        Mais que fait la gloire au mourant,
Quand le cœur où toujours doit fleurir sa mémoire
        Lui jette un adieu déchirant?...

Mon nom? s'il te fut cher, que le monde l'oublie;
        Mais toi, seul trésor de mes jours,
Avec le souvenir de l'amour qui nous lie,
        Dans ton cœur garde-le toujours.

Brûle mes vers,... mais non... peut-être à les relire
        Tu sentiras un doux émoi,
Et, parcourant la page où ta beauté m'inspire,
        Tu diras : Il vivait par moi !...

Ma voix meurt,... et je sens, à mon heure dernière,
    Comme un baume sur mes douleurs,
Puisqu'ira mon amante, aux larmes de ma mère,
    Sur ma tombe mêler ses pleurs.

SUR UN RECUEIL

A N. B...

Lorsque de ce recueil ta voix mélodieuse
Murmure les doux chants de tristesse ou d'amour,
Je crois entendre alors Philomèle amoureuse
Gémir dans les rameaux au déclin d'un beau jour.

Quand le pieux refrain que le soir tu répètes
Arrive jusqu'à moi dans le vague des airs,
J'écoute, et dans la sainte extase où tu me jettes,
Je crois entendre au ciel d'ineffables concerts.

Oui, le chant du poëte en passant par ta bouche
Devient plus expressif, plus touchant et plus beau ;
Le seul son de ta voix me pénètre, me touche,
Et jusque dans mon cœur va trouver un écho.

Chante ; oh ! chante souvent ; ta douce mélodie
Est pour moi ce qu'aux fleurs sont les pleurs du matin,
Ce qu'à l'ange du ciel doit être l'ambroisie,
L'aumône au mendiant, l'ombre au bord du chemin.

Que j'aime à t'écouter ! De mon âme ravie
Chacun de tes accents arrache un long soupir ;
Chante ; mon cœur se livre à sa mélancolie ;
J'ai besoin de prier, d'aimer et de gémir.

REVONNAS

A AMÉDÉE R...

En vain la fièvre meurtrière
Sur moi redoubla ses efforts ;
A ses coups j'ai su me soustraire ;
Je veux vivre ma vie entière
Avant de voir les sombres bords.

Depuis que la mort, de son aile,
Effleura mon front en passant,
Pour moi l'existence est plus belle,
La jeunesse qui m'y rappelle
M'offre un charme plus ravissant !

Aussi j'ai fui loin de la ville,
Loin des bruits du monde agité,
Dans les champs chercher un asile,
Un abri modeste et tranquille
Contre les fureurs de l'été.

J'habite une simple chaumière
Qu'entoure le vert aubépin,
La vigne y grimpe avec le lierre ;
Vis-à-vis est le mont ; derrière
Sont mon verger et mon jardin.

A ma porte est un banc de mousse
Où tout voyageur peut s'asseoir,
Où le mendiant qu'on repousse
Trouve une parole plus douce
Et partage mon pain du soir.

Non loin, sous son dôme de pierre,
Du Seigneur s'abrite l'autel,
Pauvre, mais des biens de la terre,
Et d'où la fervente prière
Semble monter plus pure au ciel.

Ma treille est toujours lourde et belle,
Et mon chalet, Dieu le bénit,
Car chaque printemps l'hirondelle
Vient, pour sa famille nouvelle,
A mon toit suspendre son nid.

Oh! qu'il m'est doux, antiques chênes,
Sous votre ombre de m'égarer !
Zéphirs aux suaves haleines,
Fraîcheur des bois et des fontaines,
Qu'il m'est doux de vous respirer !

Je renais et mon cœur s'épure;
Enfin j'ai trouvé d'heureux jours.
Que ne puis-je, aimable nature,
Champs dorés, bois touffus, verdure,
Ainsi vous contempler toujours !

O Revonnas! mon beau village,
Exil que j'ai tant envié,
Je viendrai, sauvé du naufrage,
Vieillir sous ton ciel sans orage,
Y mourir du monde oublié !

SÉPARATION.

Eh quoi ! tu vas quitter ces lieux de ta naissance,
Ces prés où tu grandis en jouant parmi nous,
Ces champs où je t'aimais, ce toit où ton enfance
    A passé les jours les plus doux ?

Les bruyantes cités et l'éclat de leurs fêtes
Dont le charme apparent a captivé ton cœur,
T'offrent plus de plaisirs qu'en nos humbles retraîtes
Tes premières amours ne t'offrent de bonhéur ?..

Parle... réponds-moi, mon idole...
Ah ! cruelle, à ma plainte, à mes derniers adieux,
　　Tes lèvres restent sans parole ;
Tu n'as pas un regard, un regard qui console,
　　Pas une larme dans les yeux !

Sur mon amour trompé l'espoir cesse de luire...
Pourquoi t'importuner de mes pleurs superflus ?
　　Ce que ta bouche n'ose dire,
　　Tes froids regards me l'ont fait lire :
Oui, je t'adore encore, et tu ne m'aimes plus !

Tu pars quand le bonheur venait sous ton image,
　　Souriant, me tendre la main ;
Il s'éloigne avec toi, comme un brillant mirage
　　Qui fuit et qu'on poursuit en vain.

Oh ! n'attends pas de moi des plaintes insensées ;
　　Je saurai souffrir en secret.
Peut-être rirais-tu de mes larmes versées,
　　Toi qui me perds sans un regret,...

Adieu! tu vas être entourée
Des hochets de la vanité ;
Là-bas tu vivras enivrée
Par ce luxe qu'on t'a vanté.

Un plus heureux saura te plaire,
Mais aura-t-il, cet autre amant,
Aura-t-il un cœur plus sincère ?
T'aimera-t-il plus tendrement?

Peut-être un jour, désabusée,
Les regrets te feront souffrir ;
Un jour, mon image effacée
Dans ton cœur reviendra s'offrir.

Alors, te rappelant les charmes
Des paisibles amours que tu fuis aujourd'hui,
Trop tard tu rediras, en répandant des larmes :
Nul ici n'aime comme lui !

OU DONC EST LE BONHEUR?

Nel mondo non è felice, se non quel che muore in fascie.

Il n'y a personne heureux dans le monde,
Que celui qui meurt au maillot.

Prov. italien.

Où donc est le bonheur ? — C'est le cri de la terre..
On le cherche, on l'appelle, on se tourmente en vain ;
Un jour on croit l'atteindre, on tend vers lui la main,
Et l'on n'a rien saisi... qu'une ombre mensongère.

L'un, en bravant la mort, le suit au champ d'honneur,
Et cet autre l'invoque en chantant la victoire ;
Tous deux, les insensés !.. pensent qu'avec la gloire
Rien ne manque aux humains, pas même le bonheur.

7.

La gloire! triste mot que l'orgueil nous répète :
Heureux qui ne sait pas ce que coûte un laurier,
Qui n'envia jamais le renom du guerrier,
Pour qui ne fleurit point la palme du poëte!

« Dieux! crie Apicius en brisant en éclats
» Sa coupe, de Falerne encore tout remplie :
» Où donc est le bonheur? je l'attends, il m'oublie ;
» Je le poursuis sans cesse et ne le connais pas.

» Le jour m'est un festin, la nuit m'est une orgie...
» Quand, las de voluptés, j'ai trouvé le sommeil,
» L'inévitable ennui me saisit au réveil,
» Et, fantôme invisible, il dévore ma vie.

» Des esclaves en foule amusent mes loisirs ;
» Plus opulent qu'un roi, j'ai ma cour fastueuse ;
» Tout me sourit ; on dit que ma vie est heureuse,
» Non ! — Le bonheur n'est pas compagnon des plaisirs.

Mais quoi ! le vrai bonheur, mais le bonheur suprême,
N'est-il... ah.! répondez, vous qui l'avez connu,
De sentir sur son cœur battre un cœur ingénu,
Dans une voix qui tremble en murmurant : Je t'aime ?

N'est-il dans les soupirs, n'est-il dans les aveux,
Dans l'humide baiser de deux lèvres de flamme,
Et serait-il menteur, ce long regard de femme
Qui doucement captive et dit : Soyons heureux?

Et pouvoir dans sa main serrer la main d'un frère,
Et d'un cœur généreux posséder la moitié,
Qu'est-ce donc, ô mortels! Jamais dans l'amitié
Le bonheur ne peut-il descendre et se complaire?

Ivresse des beaux ans, ô charmes des vieux jours!
Suaves amitiés, si vous étiez fidèles,
Et vous, tendres amours, si vous n'aviez pas d'ailes;
Vous seriez ce bonheur que nous cherchons toujours.

Mais vous n'offrez, hélas ! que sa trompeuse image ;
Chez qui vous a cherchés laissant mille regrets,
Avec l'illusion plus vite vous mourez
Que les fleurs qui parfois vous servent de langage.

Le bonheur !.. mais il fuit les somptueux lambris ;
La gloire l'épouvante et l'éclat l'importune ;
Humble et simple, jamais de l'ingrate fortune
Il ne vint égayer les pâles favoris.

Dans les palais des grands se plaît-il à descendre,
Ah ! c'est lorsque l'aumône y règne et l'y conduit ;
Ennemi de Plutus, cependant il le suit
Aux lieux où des bienfaits sont toujours à répandre.

Dans le réduit du pauvre il s'arrête parfois,
Il aime à visiter les chaumes du village ;
Est-il dans la retraite appelé par un sage?...
Soudain avec l'étude il accourt à sa voix.

Il délaisse toujours l'entière solitude,
Mais à tous les bruits vains il préfère bien mieux
Un foyer domestique, un toit silencieux,
La fière indépendance et la douce habitude.

Mais combien rarement il descend ici-bas !
Roi chéri dans l'Olympe, il méprise la terre...
Ah ! s'il vient pour un jour charmer notre carrière,
Sachons en profiter... mais ne le cherchons pas.

A Mlle THÉRÉSA MILANOLLO

PENDANT SON PASSAGE A B...

Recevez nos adieux, recevez notre hommage,
O vous qui, par des sons plus doux qu'aucun langage,
Savez parler à l'âme et nous ravir des pleurs ;
Vous qui savez si bien sur les cordes plaintives,
En accords modulés, en notes fugitives,
Soupirer les regrets, exhaler les douleurs.

Trop tôt vous nous quittez, mais bien longtemps encóre
Cette douce harmonie et ces airs enchanteurs,
Échappés sous vos doigts de l'instrument sonore,
Enivreront nos sens, notre oreille et nos cœurs.

Tel, mêlant à sa voix les doux sons de sa lyre,
    Par ses concerts harmonieux,
    Un ange descendu des cieux
Verse aux cœurs des mortels l'extase et le délire.
Mais soudain il se tait ; sa voix tombe et soupire ;
Ses ailes vers le ciel ont repris leur essor ;
    Il s'élève, tout bruit expire,
    Et la terre l'écoute encor !

Dans les grandes cités bien des voix vous demandent,
Bien des lauriers nouveaux sont prêts pour votre front ;
Adieu ! mille désirs, mille cœurs vous attendent ;
    Adieu ! nos regrets vous suivront !

    Mais, quand elle a fui le bocage,
Écho de ces concerts, témoins de ses amours,
    Philomèle revient toujours
Chanter et voltiger sous son tranquille ombrage,
Demander aux ruisseaux qu'elle aimait autrefois,
    Aux rochers, aux fleurs du rivage,
    S'ils se souviennent de sa voix !

Ah! si jamais un jour le doux zéphir ramène
Votre barque en ces lieux remplis de vos accords,
De notre accueil ami du moins qu'il vous souvienne,
Et, sans des chants nouveaux, ne quittez pas nos bords.
A ces chants que le ciel serait ravi d'entendre,
Toujours, comme aujourd'hui, nous saurons applaudir.
Oui, nous aurons toujours un cœur pour vous comprendre,
Des soupirs dans la voix, des larmes à répandre,
   Et des lauriers à vous offrir!

Février 1851.

L'ENCHANTEUR.

Il est un démon invisible
Qui se glisse et chante en tous lieux,
Et dont l'accent mystérieux
Possède un charme irrésistible.
Il fait naître mille désirs
Chez les fillettes au cœur tendre,
Et tous les piéges qu'il sait tendre
Sont dérobés sous des plaisirs.

C'est l'enchanteur, folâtres jeunes filles,
Qui vous guette quand vous courez
Mener les rondes sur les prés.

Vous qui fuyez, loin des joyeux quadrilles,
Chercher des fraises dans les bois,
Craignez sa voix !

Elle est mélodieuse et douce
Comme les chansons des oiseaux,
Ou ces murmures que les eaux
Jettent en courant sur la mousse,
Quand naissent les fleurs du printemps
Et tous les nids dans la verdure,
Cette voix remplit la nature
Et trouble les cœurs de seize ans.

C'est l'enchanteur, folâtres jeunes filles,
Qui vous guette quand vous courez
Mener les rondes sur les prés.
Vous qui fuyez, loin des joyeux quadrilles,
Chercher des fraises dans les bois,
Craignez sa voix !

A l'heure où l'étoile scintille,
Elle se mêle au bruit du vent,
Frissonne, et retentit souvent
Comme un baiser sous la charmille.
Ce lutin promet le bonheur ;
Il enivre, il flatte, il caresse...
Mais, hélas! sa voix est traîtresse,
Toujours s'y mêle un ris moqueur.

C'est l'enchanteur, folâtres jeunes filles,
Qui vous guette quand vous courez
Mener les rondes sur les prés.
Vous qui fuyez, loin des joyeux quadrilles,
Chercher des fraises dans les bois,
Craignez sa voix !

Un matin, la fraîche Lucette
Vint sous l'ombre de la forêt,
Loin de vous, rêver en secret...
On ne revit plus la fillette ;

8.

En vain sa mère l'appela,
Et l'attendit tout éplorée...
Hélas!... qui l'avait égarée?
Qui la surprit et l'enleva?...

C'est l'enchanteur, folâtres jeunes filles,
Qui vous guette quand vous courez
Mener les rondes sur les prés.
Vous qui fuyez, loin des joyeux quadrilles,
Chercher des fraises dans les bois,
Craignez sa voix!

Cependant, un jour, au village
On la vit... Qu'elle avait pleuré !
Sont front était décoloré,
Les rides plissaient son visage ;
Elle portait des bijoux d'or,
Et du velours, et de la soie...
De l'innocence et de la joie
Qui donc lui ravit le trésor?..

C'est l'enchanteur, folâtres jeunes filles,
  Qui vous guette quand vous courez
  Mener les rondes sur les prés.
Vous qui fuyez, loin des joyeux quadrilles,
  Chercher des fraises dans les bois,
    Craignez sa voix !

  Ce lutin, aux chants pleins de charmes,
  Quelquefois se nomme l'Amour ;
  Il est volage, et, tour à tour,
  Empoisonne ou dore ses armes.
  Toujours ce démon tant fêté,
  Pour un peu d'or qu'il fait reluire,
  Pour un ruban, sait vous séduire.
  Ah ! redoutez la vanité !

C'est l'enchanteur, folâtres jeunes filles,
  Qui vous guette quand vous courez
  Mener les rondes sur les prés.

Vous qui fuyez, loin des joyeux quadrilles,
Chercher des fraises dans les bois,
Craignez sa voix !

LES OISEAUX DE NUIT.

Paris, 1856.

A l'heure où sur les champs la nuit étend ses voiles,
A cette heure rêveuse où les belles étoiles
Lèvent leur front splendide et, jetant mille feux,
Sèment de diamants l'horizon vaporeux ;
Alors qu'au doux foyer de son rustique asile,
Le laboureur s'assied, fatigué, mais tranquille,
Noires chauves-souris, chouettes et hibous,
Avec des cris aigus, s'élancent de leurs trous
Et vont, dans l'air brumeux où leur vol se déploie,
Maigres chasseurs de nuit fondre sur une proie.

Quand vient l'heure où bourdonne en la grande cité
L'essaim des vains plaisirs, oiseaux de volupté,
Mille femmes ainsi, dans les carrefours sombres,
Surgissant tout à coup, rôdent comme des ombres,
Et, pleines de parfums, sous un masque de fard,
Excitent les passants du coude et du regard.

Le jour baisse.... Allons, va! superbe courtisane,
Prends tes bijoux trompeurs, ta robe diaphane ;
Par ta démarche altière et tes gestes lascifs,
Par tes flottants atours, enflamme les oisifs :
« Mais la pluie à torrents bat les pavés...; la neige
» Sous les vents furieux tourbillonne et l'assiége ;
» Mais la bise est glacée et la fera mourir. »
Marche, marche toujours ; ton sort est de souffrir.
Si le grossier passant t'insulte et te bafoue,
Que la honte jamais ne t'empourpre la joue,
Réponds en souriant à tout propos moqueur ;
A l'opprobre, au mépris tu dois fermer ton cœur
Et, sous le vil fardeau de ton ignominie,

Dresser un front de marbre armé d'effronterie ;
Pâle instrument de mort, fantôme de l'amour,
Pour quiconque te paye, il te faut, nuit et jour,
Découvrir ton épaule et, pauvre créature,
Pour le premier venu dénouer ta ceinture :
« Mais cet homme, il est laid ; mais un ulcère affreux
» Lui déchire le front...; c'est un vieillard hideux ! »
Qu'importe ? c'est pour lui qu'on parfume ta couche ;
Tu dois à ses baisers ton sein, tes yeux, ta bouche ;
Tu dois à ses regards tes plus secrets appas,
Allons ! fais ton métier..., ouvre-lui tes deux bras.

Dites, comprenez-vous cette horrible torture ?
N'être qu'une machine, un égout de luxure ;
Pour un morceau de pain, aller vendre son corps,
Ce chef-d'œuvre du ciel, aux lubriques transports ;
S'user dans le limon des voluptés factices ;
S'assouplir sans dégoût aux monstrueux caprices
Trouvés par le cynisme et les vieillards blasés
Pour rallumer l'ardeur de leurs sens épuisés...

Horreur ! ! Ah ! l'on comprend et l'on pardonne encore
L'égarement de ceux qu'un amour vrai dévore ;
Mais les vices à froid, mais les plaisirs des sens
Sans l'ivresse de l'âme et ces charmes puissants
Qui jettent dans les bras de l'objet que l'on aime
Et font rêver du ciel la volupté suprême !..
A ces sombres tableaux de honte et de douleur,
Le plus amer dégoût vous soulève le cœur.

Prêtresses sans pudeur des amours mercenaires,
Ces femmes tout le jour en d'immondes repaires
Végètent, et le cœur chargé d'un vide affreux,
Martyres de l'ennui, dans les transports fiévreux,
Dans la débauche infâme et la brûlante orgie
Se vautrent en chantant pour oublier la vie.

Comme un homme cloué, vivant, dans un tombeau,
Sous les plis du linceul qui lui glace la peau,
Sent les vers affamés, cohorte dévorante,
Sur ses membres ramper, et qui, fou d'épouvante,

Hurle en se débattant et, torture sans fin,

Fixe un trépas horrible et le désire en vain.

C'est ainsi qu'en un bouge, en proie à tous les vices,

Ces tristes parias souffrent mille supplices ;

Le mépris à jamais les accable, et l'espoir

A leur honteux chevet jamais ne vient s'asseoir ;

La prostitution sur sa poitrine obscène

Les étreint, les étouffe et les rive à sa chaîne,

Puis, quand leurs traits usés par les maux et les ans

Repoussent les regards et révoltent les sens,

C'est pitié de les voir, spectres aux yeux stupides,

Errer en mendiant sous des haillons sordides,

Puis, les noirs balayeurs les trouvent, un matin,

Mortes contre une borne et de froid et de faim.

O vous qui, loin des flots du peuple qui se rue,

Les trouvez, s'étalant au détour de la rue,

Que la pitié vous prenne, et sur leurs fronts flétris,

Oh ! ne jetez jamais les pierres du mépris.

Il est lâche et cruel, celui qui les bafoue,

Qui les couvre en riant et d'affronts et de boue

Et qui se fait un jeu d'aller, ivre ou sans cœur,
Pour railler une femme, insulter au malheur.

Vous, qui les accablez d'un dédaigneux sourire,
Dont la bouche jamais ne peut trop les maudire,
Femmes! vous qui devez à l'aveugle destin
De suivre du bonheur le facile chemin,
Dans nos temps vaniteux où l'impudeur sceptique
Fait asseoir l'adultère au foyer domestique,
Où la bride est lâchée aux instincts corrompus,
Rappelez-vous parfois que ces anges déchus
Gardent en se vendant, ô mères de familles,
Votre vertu peut-être et l'honneur de vos filles.
Et puis, connaissez-vous leurs muettes douleurs?
Bien souvent en secret elles versent des pleurs;
Souvent, au souvenir de leur paisible enfance,
Le regret les poursuit, les dévore en silence;
Et leur terne regard s'emplit d'éclairs jaloux
En vous voyant sourire à vos heureux époux,
Ou guider tendrement, douces et chastes mères,
Les jolis anges blonds qui vous rendent si fières.

Votre âme est généreuse et votre cœur est bon,

Femmes ! sachez, devant ces êtres dont le nom

Vous contraint de rougir, ne pas être cruelles ;

Et, prise de remords, si jamais l'une d'elles,

Pour revenir au bien étend vers vous les bras,

Vous, leurs sœurs devant Dieu, ne la repoussez pas,

Et pour mieux étouffer le cri de votre haine,

Rappelez-vous Jésus relevant Madeleine.

LE DERNIER FESTIN D'APICIUS.

Dederas, Apici, bis tricenties ventri,
Sed adhuc supererat centies tibi laxum,
Hoc tu gravatus, ne famem et sitim ferres,
Summa venenum potione duxisti;
Nihil est, Apici, te gulosius factum.

Ton ventre, Apicius, avait englouti six millions
de sesterces ; il te restait encore un million ; mais,
accablé de chagrin, comme si tu dusses souffrir
la faim et la soif, tu mèles du poison à ton dernier
breuvrage. Cet acte de gloutonnerie, Apicius, est
le plus fort que tu aies jamais fait.

MARTIAL, III, 24.

Amis, l'astre des jours s'amortit et décline,
Et de mille flambeaux, voyez, on illumine
   Les salles de notre festin.
Il est l'heure, venez ; le plaisir nous convie :
Rien ne manque chez moi... Jouissons de la vie,
   Quand nous sommes à son matin.

9.

Laissons les froids discours, bannissons toute gêne ;

De la lourde raison foulons aux pieds la chaîne ;

    Elle ne convient qu'aux vieillards !...

Nous pourrons à loisir prolonger notre ivresse ;

Rome est dans le sommeil, et nul ici ne laisse

    Pénétrer d'indiscrets regards.

Voici le vin doré qui me vient de Sorrente ;

Là-bas, c'est le Falerne à l'odeur enivrante ;

    Et si des rivages de Cos

Ne vient pas celui-là, vous saurez me le dire...

Répétons nos refrains qui font naître le rire !

    Chantons ! ces murs n'ont pas d'échos !

De mes mille brebis voici les deux plus belles ;

Deux agneaux recherchaient encore leurs mamelles,

    Ils sont avec ces deux chevreaux.

Ce sanglier fut pris dans les bois du Silène ;

Et de tous mes troupeaux qui paissent dans la plaine,

    Voilà le plus gras des taureaux.

Ici, c'est le turbot, et là-bas la murène ;
Dans mes nombreux viviers on ne leur jette à peine
    Que deux esclaves chaque jour...
Prenez selon vos goûts parmi ces chairs fumantes ;
Puis, au choc amical des coupes écumantes,
    Que chacun réponde à son tour.

Esclave, apporte-nous et l'encens et la myrrhe ;
Vous, qui mêlez aux voix les accords de la lyre,
    Commencez vos chœurs les plus doux.
Qu'on tresse pour nos fronts des guirlandes nouvelles :
Les palmes du plaisir se fanent, et, comme elles,
    La mort nous emportera tous !

Moi, je sais les plaisirs les plus doux de la terre.
Qu'importe à mon bonheur que mon heure dernière
    Vienne aujourd'hui, demain, plus tard...
La mort !... Ah ! je maudis, amis, mais sans le craindre,
Le jour qui la verra, s'apprêtant à m'atteindre,
    Fixer sur moi son froid regard...

Loin de nous les sanglots, les chants tristes et graves !
Mais je veux, entouré de mes jeunes esclaves,
    Assis à mon plus beau festin,
Montrer, en la raillant, des lèvres souriantes,
Et, couvrant ma pâleur des fleurs les plus brillantes,
    Garder un front toujours serein !

Dans ma cratère d'or je veux trouver l'ivresse ;
Que mon dernier baiser, ma dernière caresse
    Me soient rendus par la beauté !...
Et, payant ce qu'à tous la Parque nous réclame,
Que le dernier soupir qu'exhalera mon âme
    Soit un soupir de volupté !...

Mais les dieux ! dites-vous... Les dieux !.. folle croyance !
Les dieux !.. Ah ! je m'en ris !.. Il n'est bon qu'à l'enfance
    Le rêve d'immortalité !
La vertu n'est qu'un nom que la crainte repète !...
Laissez à vos devins, au frivole poëte,
    L'Olympe et sa félicité !

Crédules, vous tremblez de leurs menaces vaines !

Mais quand le sang se glace et tarit dans nos veines,

    Tout s'éteint dans nous sans retour !...

L'homme, pour être heureux, doit suivre sa nature.

Amis, n'ayons jamais, partisans d'Épicure,

    Pour dieux que Bacchus et l'Amour !

Oh ! viens à mes côtés, rieuse courtisane ;

Jette ce lis, trop tôt il se ferme et se fane ;

    Que seul le pampre de Bacchus

S'enlace sur ton front... Nous aimons les Bacchantes,

Et nous savons mêler à leurs danses bruyantes

    Les jeux et les ris de Vénus.

Tiens, vois ces flots dorés... Donne ta coupe, amie ;

Laisse-moi te verser l'amour et la folie !

    Buvons !... Comme ce jus divin

Rend ton regard brillant et ta lèvre vermeille !

On oublie, en buvant, les peines de la veille

    Et les soucis du lendemain.

Comme il nous fait aimer ce vin qui nous enivre !
Plus ma raison s'éteint, plus mon cœur se sent vivre !. ,
    Viens, je sais des plaisirs plus beaux ;
Viens... il faut à Vénus et le silence et l'ombre ;
Jamais pour ses transports la nuit n'est assez sombre.
    Esclave, éteins-nous ces flambeaux !...

Quand du Tibre paisible il vint dorer les rives,
Le jour fut salué des nocturnes convives
    D'Apicius le débauché ;
Lui seul, le front de marbre et la bouche muette,
Sur son lit opulent, dans sa robe de fête,
    Resta comme il s'était couché.

Sa coupe lui versa la mort avec l'ivresse ;
Mais son dernier baiser, sa dernière caresse,
    Furent donnés à la beauté ;
Et, payant ce qu'à tous la Parque nous réclame,
Le suprême soupir qui sortit de son âme,
    Fut un soupir de volupté !...

A MADEMOISELLE ***

EN LUI RENDANT SON DÉ A COUDRE.

oi qui sais préserver le doigt le plus mignon
ontre les coups sanglants de l'aiguille traîtresse,
i je t'ai follement soustrait à ta maîtresse,
)é gentil, de mon crime obtiens-moi le pardon.
'ars et mets à ses pieds ce modeste message,
'a, pour le nouvel an, lui porter mon hommage,
les souhaits... Mais, bon Dieu ! d'où naît mon embarras?
l me semblait avoir mille choses à dire,
'étais en verve enfin, quand au moment d'écrire,
e m'arrête tout court... je tombe au premier pas!..

Faire des vœux pour elle, hélas ! c'est difficile,
Et moi qui me croyais un talent si fertile...
Ah ! je me suis vraiment trompé de bonne foi !
Que peut-on désirer? Un charmant caractère,
La grâce, la beauté...? Mais qui sait mieux que moi
Qu'elle a tous ces trésors pour captiver et plaire ?
Honteusement ici je devrais donc me taire
Et m'avouer vaincu... Non, au fond de mon cœur,
J'ai trouvé le seul vœu que l'amitié prépare,
Le mot est simple et court, mais la chose en est rare,
C'est ce qu'elle mérite et qu'on nomme : Bonheur.

28 Décembre 1855.

LE SOIR.

1854

Amis, le couchant se colore
Des feux du soleil qui s'enfuit,
Sur les monts qu'il rougit encore
Se lève l'astre de la nuit.

Amis, venez, car voici l'heure
Que le temps nous cède au plaisir,
Ah ! profitons... la vie effleure
Les courts instants faits pour jouir.

10

Salut, ô nuit silencieuse,
Salut, nuit si chère aux amants,
Descends, ombre mystérieuse,
Et voile nos secrets charmants.

Sous ces retraites bocagères,
Beautés, et vous, tendres rivaux,
Dansez ; nos musettes légères
Ont pour vos jeux des airs nouveaux.

Vainement Bacchus nous refuse
L'abondance de ses moissons,
Sans lui, les Amours et la Muse
Viendront nous dicter des chansons.

Amis, venez, car voici l'heure
Que le temps nous cède au plaisir,
Ah ! profitons... la vie effleure
Les courts instants faits pour jouir.

UNE TOMBE.

Voyez : sur ce blanc mausolée
Qu'environne un tapis de fleurs,
C'est une mère désolée
Qui chaque soir verse des pleurs.

Sous ce marbre une enfant repose ;
La mort la prit dans son berceau :
Ainsi tombe un bouton de rose,
Frêle espoir du printemps nouveau.

Morte ! et les doux soins, les caresses
L'entouraient avec tant d'amour !
Sur ses yeux, sur ses blondes tresses
Nos baisers pleuvaient tout le jour.

Son nom d'enfant était Ninette ;
C'était sans cesse, parmi nous,
A qui bercerait sa couchette
Ou la tiendrait sur ses genoux.

Elle appelait déjà sa mère,
Lui tendait sa petite main,
Sautait et faisait, toute fière,
Éclater son rire argentin.

Elle était bonne et caressante,
Ignorait l'air triste ou boudeur,
Et toujours courait, souriante,
Tendre aux baisers sa joue en fleur.

Les petits enfants sont la joie
Des familles que Dieu bénit ;
Ce sont des oiseaux qu'il envoie,
Au printemps, charmer un doux nid.

Comme eux elle avait son ramage ;
Tout le jour elle gazouillait ;
Las ! éteint, le gentil langage !
Mort, l'oiseau qui nous égayait !

O mère ! vous trouvez des charmes
Dans vos douleurs, dans votre deuil,
Mais venez, sans verser des larmes,
Venez prier sur son cercueil.

Dans ses regrets, un cœur de mère
Ne fait point d'éternels adieux,
Car tout enfant pur sur la terre
Devient un ange dans les cieux.

SUR UN ALBUM.

Sur ce livre, Émilie, où votre main retrace

Des scènes d'ici-bas les plus riants tableaux,

Où chaque trait s'empreint de fraîcheur et de grâce

    Sous vos légers pinceaux,

Si le poëte aussi peut déposer un gage :

    Que le bonheur signe toujours,

Au livre du destin la blanche et longue page

    Que rempliront vos jours.

SUR UN PORTRAIT DE FEMME

PAR AUGUSTE P...

1856

.J'ai déjà dans mon âme une image aussi belle,
Dont le cher souvenir, ami, fait mon bonheur;
Mais si pour ce portrait ton pinceau fut fidèle,
Ah! je regrette alors de n'avoir qu'un seul cœur.

A MADEMOISELLE J. G.

1856

Si parfois mon jeune délire
A sur un luth essayé quelques sons,
Oh! ce n'est pas que je désire,
Pour prix de mes faibles chansons,
Le vain éclat de la fortune ;
Ce n'est point qu'en secret d'une gloire importune
Je nourrisse en mon cœur l'espoir ambitieux,
Non... Mais si la beauté se plaît à les redire ;
Si de pleurs attendris j'ai fait mouiller ses yeux,
Ou sur sa lèvre rose éclore un doux sourire,
C'est assez pour combler mes vœux.

AVEU CACHÉ.

Ei che modesto è siccomm'esta é bella.
Brama assai, poco spera, e nulla chiede.

L'amant qui est aussi modeste qu'elle est
belle, désire beaucoup, espère peu, et ne
demande rien.

LE TASSE.

En vous voyant hier pensive et soucieuse,
Contemplant de vos yeux l'inquiète langueur,
Je me disais : Qui donc la fait ainsi rêveuse ?
Où donc est sa pensée? où donc vole son cœur?

Et puis, je me souvins que mon âme bercée
Par un doux songe, ainsi se laissait captiver,
Et que souvent un ange occupant ma pensée,
Ainsi me rendait triste et me faisait rêver.

11

Tout, dans cet ange, est beau ; tout est fait pour séduire ;
D'un seul de ses regards combien je suis jaloux !
Et si je prends mon luth, il accourt et m'inspire
Mes sons les plus touchants et mes vers les plus doux.

Vivante dans mon cœur, son image riante
Jette un charme secret sur mes nuits et mes jours ;
Parfois je veux le fuir, mais il revient toujours,
Toujours j'entends sa voix suave et bienveillante.

Ce bel ange, Émilie, a l'azur de vos yeux,
Il a vos cheveux blonds, il a votre sourire,
L'accent de votre voix, votre front gracieux,
Et son nom... pardonnez, je viens de vous l'écrire.

DIANE ET ENDYMION

CANTATE.

Musique de M. Jules Ward.

CHŒUR DE NYMPHES.

Tout dort dans la nature entière,
Tout est paisible sous les cieux,
Et dans les bois la brise printanière
Jette en fuyant des bruits mystérieux.
Dormez, humains ; que le sommeil vous verse
L'oubli des maux et du souci rongeur ;
Dormez ; l'illusion vous berce
Dans un doux rêve de bonheur.

DIANE.

O nuit dont le mystère
Est propice aux amours !
O nuit qui m'es si chère,
Protége-moi toujours !
Et toi, Phœbé, dont la lumière dore
Ces frais sentiers où j'égare mes pas,
Quand Diane t'implore,
Ah ! ne la trahis pas !

RÉCITATIF.

Vous, échos, n'allez point redire
Les désirs dévorants qui font trembler ma voix ;
Faites silence, échos, si Diane soupire ;
Je suis la déesse des bois !

CHOEUR.

Dormez, nymphes des eaux,
Dryades bocagères ;
Silence, doux ruisseaux ;

Et vous, brises légères,

Mourez dans les roseaux.

DIANE.

Èndymion, je t'aime et mes lèvres en vain

Dans ton triste sommeil te le disent peut-être ;

Endymion, sais-tu l'amour que tu fis naître ?

Endymion, sais-tu quels feux brûlent mon sein ?

Si quelque dieu jaloux me cachait ta présence,

Ou si quelque rivale... O tourment ! ô fureur !

Une rivale !... Ma vengeance

Lui ferait chèrement expier son bonheur !

RÉCITATIF.

Quel trouble vient me surprendre !

Mon cœur palpite, et je sens,

Dans un transport nouveau, frissonner tous mes sens !...

Nymphes, entendez-vous ?... D'où partent ces accents ?...

Du sein de ces roseaux un cri s'est fait entendre...

Amour, d'un trait cruel tu viens de me percer :

11.

Amour, Diane est faible et tendre;
Elle est à toi; tu peux à ton gré la blesser.

ALLÉGRO.

Endymion, bonheur suprême!
C'est lui! c'est lui que j'ai revu!
O jeune et beau mortel, je t'aime!...
Endymion, tu m'es rendu!

CHOEUR.

Amour, quelle est donc ta puissance?
Les bergers, les dieux et les rois,
Tous ont subi tes douces lois.
Pourquoi lui faire résistance?
Nymphes, laissons-nous enflammer:
  Il est si doux d'aimer!

PREMIÈRE NYMPHE.

Le flambeau de la nuit retire sa lumière;
  Il s'éloigne et meurt à nos yeux;

Et Phœbus, commençant sa brûlante carrière,
S'élance à l'horizon sur son char radieux.

CHŒUR.

Les champs reprennent leur parure ;
Tout renaît, et, dans la nature,
Tout sourit au retour
Du jour !

DIANE.

Eh ! quoi ! déjà brille l'aurore !
Sa présence à mon cœur n'apporte que l'effroi.
O nuit !... vainement je t'implore ;
Tu fuis, et mon bonheur va finir avec toi.
O mes sœurs, nymphes, mes compagnes !
Venez ; suivez mes pas dans l'ombre des forêts ;
Venez ; les hôtes des montagnes,
Les cerfs aux pieds légers, en vain fuiront nos traits.

LES VENDANGEURS.

O fortunatos nimium, sua si bona norint,
Agricolas !

I.

Allons, debout, enfants ; debout, voici l'aurore ;
Debout, et que chacun soit prompt à se vêtir !

— Mais, père... mais .. pourquoi vouloir déjà partir ?...
Le jour est-il levé ?... ce n'est pas l'heure encore.

Devrais-je, paresseux, trois fois vous avertir ?
Faut-il que d'un vieillard ce soit la voix tremblante
Qui vous tire du lit, ô jeunesse indolente !...
Nous n'étions pas ainsi quand nous avions vingt ans...

— Père, quand on est vieux on ne dort pas longtemps,

Voilà ce que souvent nous disent nos grand'mères,

Au premier chant du coq finit votre sommeil,

C'est vrai ; mais tous les soirs nous voyons vos paupières

Se fermer doucement au déclin du soleil.

Pour nous, nous veillons tard, et parfois minuit sonne

Que, dans le doux entrain des chansons et du jeu,

Nous laissons le temps fuir, et si bien que personne

Ne songe qu'à minuit on doit couvrir son feu.

Le sommeil est si bon quand l'aube va paraître !

Et sous la couverture on est si chaudement

Quand l'humide brouillard obscurcit la fenêtre.

Nous nous lèverons bien, père... dans un moment.

— Enfants, l'homme doit fuir tout repos inutile.

Laissons dans les cités la jeunesse débile

Poursuivre jusqu'au jour des rêves soucieux.

Mais à vous, fils des champs, la nature fertile

Vous promet au matin un réveil plus joyeux.

Sage est le vigneron dont on voit la demeure

S'ouvrir quand du soleil luit le premier rayon ;

Déjà riche est celui que la quatrième heure
Trouve, la bêche en main, courbé sur le sillon.
Enfants, c'est aujourd'hui que des grappes vermeilles,
Ces mères du nectar qui réjouit nos cœurs,
Nos mains vont dépouiller les rameaux de nos treilles;
Hâtons-nous, car j'entends le chant des vendangeurs.

—Père, nous sommes prêts; donnez-nous nos corbeilles.
Ils partirent. L'aïeul, vieillard aux cheveux blancs,
Sur le flanc du coteau les suivit à pas lents,
Et, de ses petits-fils partageant l'allégresse,
Mêla sa voix cassée aux refrains des chansons,
Quand du hautbois agreste il entendit les sons
Faire dire aux échos les airs de sa jeunesse.

Cependant tout s'éveille au hameau ; le noyer
S'enflamme en pétillant dans le vaste foyer,
Et les flocons d'argent de cent vapeurs légères
Flottent en tourbillons sur les toits des chaumières.
Puis les groupes bruyants, les couples amoureux,
De longs paniers aux bras, montent le chemin creux

Où, sur un char plaintif, le bouvier encourage,
Par la verge et les cris, son robuste attelage.
Et tout le jour durant c'est fête et liberté ;
Et, ramenant l'espoir, la folâtre gaîté
Répand avec les jeux le bonheur au village.
C'est le frugal repas sous les ceps verdoyants
Qu'assaisonnent sans frais vingt histoires joyeuses ;
Ce sont les gros éclats des rires pétillants,
Et les refrains naïfs, et les baisers bruyants
Par les beaux vendangeurs ravis aux vandangeuses.

Mais la pourpre du soir s'étend à l'horizon ;
L'étoile du berger plane sur la colline
Où, père des doux fruits, le soleil qui décline
De ses reflets mourants vient dorer le gazon.
Avec l'ombre des nuits le paisible silence
Glisse de la vallée au sommet des coteaux...
Mais d'où partent ces cris et ces accords nouveaux
Dont un Musard rustique a noté la cadence ?
C'est la vielle grinçante et le doux chalumeau
Jetant aux villageois le signal de la danse.

Sous le ciel scintillant, au centre du hameau,

On s'assemble, on prend place, et bientôt on s'élance...

Chaque couple, en ses bonds mesurés lourdement,

Se démène, retombe, arrête, se balance,

Puis de nouveau bondit et repart gravement.

Et les vieillards causeurs vident sous la charmille

Les brocs aux larges flancs où le bon vin pétille;

Et le plaisir qui rend les fronts épanouis,

La lèvre souriante et tous les cœurs unis,

Fait du village entier une seule famille.

De tout on se fatigue ici-bas; c'est la loi

Que le destin impose aux plaisirs comme aux peines.

Un ciel longtemps obscur, des nuits toujours sereines

Lassent également. Vous demandez pourquoi

L'homme se plaint toujours et sans cesse varie?

Je ne sais vous répondre, et ma philosophie

Se borne à supposer que Celui qui de rien

Fit sortir l'univers et par qui tout est bien,

Mit dans le changement le charme de la vie.

Le plaisir qui délasse après de longs travaux,

Autant que la fatigue appelle le repos ;
Les chansons par degrés s'éteignent, et la danse
A ralenti ses bonds ; ténèbres et silence.
Planent sur le hameau ; danseuses et buveurs
Se glissent dans la paille où le sommeil les berce,
Où, de sa coupe d'or, l'illusion leur verse,
Jusqu'au lever du jour, des songes enchanteurs.

II.

O lointains souvenirs, chers et riants tableaux
Que je revois toujours rajeunis et plus beaux,
Vers vous avec transport revole ma pensée,
Car vous me rappelez mon enfance passée,
Et le petit enclos aux vastes horizons,
Dont mes premiers élans ont courbé les gazons,
Et nos coteaux boisés, et mes chasses lointaines,
Et les nids aux doux œufs volés aux troncs des chênes,
Et le vieux marronnier où, sous l'ombre abrité,
J'ai, tout rêveur, relu maint poëme enchanté ;

Je retrouve avec vous ma liberté si chère,
Les contes de l'aïeul, les baisers de ma mère,
Et mon premier amour, et ce premier bonheur
Dont le parfum ravive et fait battre le cœur.

Bien souvent dans les bruits et l'éclat d'une fête
La tristesse descend en mon âme inquiète ;
Souvent dans une orgie, alors que les refrains
Courent accompagnés des rires et des vins,
Dans les salles en fleurs, quand le bal qui tournoie
Au bruit des chants cuivrés m'emporte, et que la joie
Brille sur tous les fronts, je sens un froid dégoût
Sur mon cœur isolé s'abattre tout à coup.
De mon humble réduit j'aime alors le silence,
Et j'y cours, pour une heure, ô souvenirs d'enfance,
Enfermer avec vous mon bonheur d'autrefois.

Devant mon feu mourant je rêve, et je revois
S'asseoir à mes côtés au foyer de famille
Un ange sous les traits d'un humble jeune fille :
Son œil suave et doux semble avoir emprunté

L'azur du firmament et sa limpidité ;

Son front joyeux et pur qu'aucun luxe n'enlace,

Sous ses beaux cheveux blonds s'arrondit avec grâce.

C'est bien elle! — Jamais dans ses tendres discours,

Elle ne m'a juré de fidèles amours;

Jamais dans les douceurs d'un rendez-vous timide,

Pour ralentir mon pas à son gré trop rapide,

Ou pour sentir son cœur battre plus près du mien,

Elle n'a de mon bras demandé le soutien,

Et de sa lèvre rose où la candeur respire,

Je n'ai rien eu jamais, si ce n'est un sourire.

J'étais heureux près d'elle, et, près d'elle tremblant,

J'affectais l'air railleur et presque indifférent.

Ah! d'un retour sincère, elle eût payé peut-être

Cet amour que jamais je ne lui fis connaître.

Peut-être ce repos que je poursuis en vain

Près d'elle souriait et me tendait la main...

Et le poignant regret dans mon sein se réveille.

Puis, j'entends tout à coup tinter à mon oreille

Ces lointaines chansons, ces confuses clameurs,

Dont le vallon s'emplit, le soir, quand les pasteurs

12.

Reprennent, en chassant leurs bœufs du pâturage,
Aux coups de l'Angélus, le sentier du village.

Je vous revois aussi, j'entends votre refrain,
Vendangeurs! Avec vous, j'allais, dès le matin,
Dans l'âge turbulent que nul souci n'assiége,
Collégien rieur échappé du collége,
Tout fier de partager vos rustiques travaux,
Des pampres jaunissants couper les fruits nouveaux :
Ou, tenant l'aiguillon d'une main aguerrie,
Dans les chemins pierreux guider un char qui crie ;
Puis, me mêlant, le soir, à vos groupes joyeux,
Prendre ma part aussi des danses et des jeux...
Oh! je savoure alors ces pensers pleins de charmes !
Et mes yeux, malgré moi, s'obscurcissent de larmes.

Le ciel m'en est témoin ! Le jour où j'ai quitté
Le foyer maternel et mon humble cité,
Ce n'est ni des plaisirs, ni des amours faciles
L'appât qui m'entraîna dans la reine des villes ;
Ce n'est point que l'argent, ce féroce faux-dieu,

M'ait saisi par la gorge et jeté, l'œil en feu,

Dans ce bruyant désert où, comme des fantômes,

Hurlant et s'écrasant, courent des milliers d'hommes :

Ce n'est pas qu'envieux des splendides honneurs,

Je voulusse tenter la route des grandeurs,

Non ; ces biens n'avaient tous que mon indifférence.

Ah !... je m'étais bercé d'une folle espérance ;

Je me croyais poëte, et venais, pour mes chants,

Chercher dans ce Paris des souris bienveillants :

La gloire, enfin, la gloire était ma seule idole,

Et j'avais pour mon front rêvé son auréole.

Paysans ! si jamais, quand les feux du midi

Font sur vos reins courbés peser l'air attiédi ;

Le front plein de sueur, quand, d'une main calleuse,

Vous dirigez le soc dans le sillon qu'il creuse ;

Si jamais l'un de vous, paisibles laboureurs,

Jeune encore, et lassé des champêtres labeurs,

Découragé, s'arrête, et maudissant la vie,

Vers la grande cité tourne un regard d'envie ;

Dans cet abattement, s'il arrive parfois

Qu'en son cœur sans défense il s'élève une voix,

Une voix doucereuse et pleine de promesses,

Qui lui dise : « Là-bas regorgent des richesses,

» Chez le mortel adroit qui les sait conquérir

» L'oisiveté s'étale, et règne le plaisir.

» A ce brillant soleil on peut se faire place ;

» Il suffit d'une chance ou bien d'un peu d'audace...

» Tente le sort ! — Combien sont riches devenus

» Qui partirent un jour grelotants et pieds nus ! »

Oh ! reprenant soudain sa tâche délaissée,

Qu'il sache loin de lui jeter cette pensée,

Comme on fait d'un serpent broyé sous le talon ,

Car cette voix, amis... c'est la voix du démon.

Paris ! c'est une mer ; sous ses vagues fangeuses

Grouillent incessamment les passions hideuses ;

Tous les vices infects, tous les maux dévorants

Y roulent nuits et jours comme d'impurs torrents.

Paris, c'est un enfer où, gloutonne syrène,

La prostitution trône comme une reine.

Malheur à celui qui, jeune et naïf encor,

Lui vient de sa candeur apporter le trésor !...

Sous ses ongles crochus, elle froisse et déchire

Sa chaste et blanche robe, en se pâmant de rire ;

Elle lui cloue au front un masque d'impudeur,

Boit son sang goutte à goutte et lui mange le cœur.

Paris ! c'est la misère engendrant tous les crimes ;

Là, la faim par milliers torture ses victimes ;

Là, tout est mis en vente et tout est acheté ;

Tout se paie à prix d'or. Partout la vanité,

Au vice que l'usure a fait millionnaire

S'accouplant sans remords, enfante l'adultère.

Le scandale y triomphe, et dresse un front d'airain ;

La pudeur est bannie, et le luxe sans frein,

Promenant en tous lieux sa stupide insolence,

Est la vertu du jour, le seul dieu qu'on encense.

De l'ignoble bassesse empruntant les accents,

Partout l'ambition aux genoux des puissants

Se fait servile et rampe avec la flatterie ;

Tout généreux élan meurt sous la raillerie,

Et lorsque les Crésus, dans l'ivresse attablés,

Mènent l'ardente orgie, autour de leurs palais

On voit rôder parfois, ou tomber sur la borne,

Un homme au front livide, au regard creux et morne,
Qui pleure, si l'enfant qu'il conduit par la main,
Tremblant sous ses haillons, sanglote, et dit : J'ai faim !...
Quand sa mère épuisée, à l'amour mercenaire
Va mendier pour eux un infâme salaire...

Peut-être, ô laboureurs, cet homme infortuné
Dans un hameau lointain, comme vous était né ;
De son aïeul peut-être il tenait en partage,
Sous un ciel généreux un fertile héritage ;
La vendange en automne, en été les moissons
Le faisaient, comme vous, au milieu des chansons ;
S'éveiller dès l'aurore, et l'hiver, quand la neige
Couvrait les blés naissants que son manteau protége,
Devant son âtre en feu, paisible sous son toit,
Il bravait en famille et la pluie et le froid.
Ce souvenir trop doux le poursuit à toute heure ;
C'est son bonheur perdu, c'est son passé qu'il pleure.

Oh ! ne sachez jamais, utiles paysans,
Quelles déceptions et quels remords cuisants

Réserve l'avenir aux âmes juvéniles

Qui désertent les champs pour les splendeurs des villes !

Rudes sont vos travaux, mais que votre sommeil

Est doux, que franche aussi votre joie au réveil !

Si le soleil noircit vos épaules qu'il brûle,

Un sang limpide et chaud dans vos veines circule ;

Votre tâche est tracée en face du ciel bleu,

Dans un air libre et pur, sous le regard de Dieu.

De blêmes artisans, sans vivres, sans asiles,

Errent dans les cités ; mais vous, forts et tranquilles,

Confiants dans Celui qui fait germer le grain,

Vous avez un toit sûr et le pain de demain.

FIN D'AUTOMNE.

L'astre du jour pâlit, tout meurt dans la nature ;
Flore, se dépouillant de sa fraîche parure,
A livré sa couronne aux souffles des frimas ;
La feuille des forêts que l'ouragan emporte
Du rameau se détache, et vient, flétrie et morte,
    Couvrir le sentier sous nos pas.

La terre prend son deuil aux derniers jours d'automne ;
Plus de champs parfumés où l'abeille bourdonne,
Plus de fruits sur la branche en groupe suspendus,
Plus de fleurs émaillant le gazon des prairies ;
Les roses et le pampre, en guirlandes fleuries,
    Aux buissons ne s'enlacent plus.

Pour le bruit des cités tout a fui le bocage,
Et les couples joyeux qu'on voyait sous l'ombrage
Se croiser en cadence aux sons des instruments,
Et, choquant le cristal qu'un vin doré colore,
Les buveurs qui mêlaient quelque refrain sonore
    Aux tendres chansons des amants.

Le coteau voit jaunir sa riante verdure ;
A peine des ruisseaux on entend le murmure ;
Les bois n'ont plus d'abris ; les vallons sont déserts ;
Vers des climats plus doux l'hirondelle s'élance ;
La fauvette en tremblant se cache, et le silence
    Succède à ses chants dans les airs.

Le pâtre ne dit plus sur la flûte champêtre
Les amours qu'en son cœur le printemps a fait naître,
Et de l'autan glacé qui chasse le zéphyr,
Quand l'aile vient frapper les saules du rivage,
Elle n'arrache plus de leurs troncs sans feuillage
    Qu'un long et lugubre soupir.

Que ton deuil, ô nature ! attriste ma jeunesse,
Quand, après les beaux jours, vient l'hiver qui ne laisse
Que la ronce aux buissons et les rameaux aux bois !
Ton ciel gris et voilé n'a plus rien qui m'inspire ;
Mon âme sans échos reste froide, et ma lyre
  Résonne à peine sous mes doigts !

Tu nous sembles mourir, ô nature immortelle !
Mais au soleil de mai tu renaîtras plus belle.
Et de verdure et d'or tes champs se couvriront ;
Mais l'homme, quand pour lui vient l'âge qui le glace,
Rien ne le rajeunit, et nul printemps n'efface
  'Les rides qui plissent son front.

Le zéphyr reviendra, de ses douces haleines,
Ranimer les gazons et les fleurs dans les plaines,
Réveiller les oiseaux, les plaisirs, les amours ;
Mais nous, sans refleurir notre vigueur succombe,
Et l'hiver lentement nous entr'ouvre la tombe
  Qui se referme pour toujours.

Dans le gouffre du temps se perdent nos années ;
Au matin de leurs jours, des heures fortunées
Coulent pour les humains oublieux d'en jouir.
Sans trouver le bonheur, ils le cherchent sans cesse ;
Ils l'appellent encore, et déjà la vieillesse
    En vain leur crie : Il faut mourir !...

Mais que dis-je ?... chassons loin de nous ces pensées ;
Et comme pour l'époux, les jeunes fiancées,
Ou comme un gai convive au milieu d'un festin,
Gardons notre couronne, et remplissons ensemble
Notre coupe en l'honneur du dieu qui nous rassemble,
    Et passons-la de main en main.

Déjà la flamme monte et pétille dans l'âtre ;
Au milieu de vos fils, troupe aimante et folâtre,
Avec vos souvenirs, vieillards, asseyez-vous !
Et puisque sous les bois les rondes sont finies,
Vieux récits du foyer, joyeuses causeries,
    Et vous, chansons, égayez-nous !

Ah ! si pour être heureux vous n'avez qu'une aurore,

Pareilles à ce feu qui brille et s'évapore,

Si vos belles saisons doivent s'évanouir,

Si les cruels hivers doivent flétrir les roses,

Pendant que sous vos pas vous les voyez écloses,

   Mortels, sachez donc les cueillir !

29 Novembre.

DEUIL

A M. CH. *.

Lorsque le nautonnier, surpris par la tempête,
Craint de livrer ses jours aux caprices du sort,
Sur les flots en courroux, incertain, il s'arrête,
Et, repliant sa voile, il rame vers le port.

De la vie ici-bas l'Océan est l'image ;
Voyageurs, sur ses flots nous voguons sans retour,
Et lorsque sur nos fronts vient à gronder l'orage,
Nous invoquons l'espoir et la mort tour à tour.

Cet ami généreux, tendre objet de vos larmes,

Qui vous parlait hier, qu'aujourd'hui vous pleurez,

Dont les jours ont causé vos plus vives alarmes,

Qu'au delà du tombeau suivent tous nos regrets,

O vous, qui receviez sur sa lèvre mourante

Et ses derniers adieux et son dernier soupir,

Dites, vous dont la main pressait sa main tremblante

Quand, exhalant son âme, il cessa de souffrir ;

Repoussa-t-il la mort, ou l'a-t-il appelée ?

Sur sa couche funèbre a-t-il, sans espérer,

Vu l'épouse et le fils qui sur son mausolée

Iront longtemps encore et prier et pleurer ?

Quand il toucha le terme où tout mortel arrive,

Chrétien, il se soumit à ce commun destin,

Et quitta ce séjour comme on voit un convive

Avant le soir venu s'arracher d'un festin.

A son dernier moment, vous l'avez vu sourire,
Et, levant vers le ciel des regards pleins d'espoir,
Le front toujours serein, sans trouble, sans délire,
Il vous serra la main, et vous dit : Au revoir !

Moi, qui n'ai fait qu'à peine un pas hors de l'enfance,
J'ai déjà bien aimé, bien connu des douleurs,
Et déchirant mon âme, hélas ! chaque souffrance
En arrachait un cri plus triste que des pleurs.

Nul ne sait mieux que moi les douleurs de la veuve
Qui redemande à Dieu son époux qui n'est plus ;
Nul ne sait mieux que moi quelle amertume abreuve
Son tendre cœur rempli de regrets superflus.

Nul n'a vu mieux que moi les larmes de la mère,
Dont le fils dans ses bras crie, et demande en vain
A recevoir encor les baisers de son père,
Quand cet enfant chéri n'est plus qu'un orphelin !

Plus le cœur a souffert, plus encore il partage
Les tristes coups du sort qui frappent nos amis ;
C'est pourquoi, comme vous, j'ai compris son courage,
Les sanglots de sa veuve et les pleurs de son fils.

Pendant qu'autour de nous tout homme qui succombe
Pleure un reste de vie et maudit le trépas,
Lui, confiant et calme aux portes de la tombe,
Ne pleurait que sur eux qu'il laissait ici-bas.

La douce piété protégera sa cendre ;
Moins à plaindre que nous, il a franchi l'écueil :
Honorons sa mémoire, et n'allons plus répandre
Que les fleurs qu'il aimait sur son humble cercueil.

La vie est une épreuve et la mort un mystère
Que nul esprit humain ne saura définir.
Livrons donc à Dieu seul notre sort sur la terre ;
Vivons avec courage en songeant à mourir.

Heureux celui qui voit à son heure dernière
Accourir un ami pour veiller ses douleurs,
Pour lui charmer la mort et, sur sa froide pierre,
Mêler aux doux adieux des regrets et des fleurs.

RETOUR VERS LE PASSÉ

A UN AMI DE COLLÈGE.

Quand je revois, ami, ces tilleuls dont l'ombrage
Fut le témoin des jeux de notre premier âge,
    Où nous rêvions à l'avenir ;
Quand mon cœur, se livrant au charme qui l'entraîne,
Revient avec bonheur dans ces lieux où l'enchaîne
    La douceur de ton souvenir ;

Quand, las de parcourir ma pénible carrière,
Je me plais à jeter un regard en arrière,
    À retourner sur mon passé,
Ainsi qu'un voyageur, en quittant sa patrie,
Aime à revoir encor sur sa terre chérie,
    Le chemin qu'il a commencé ;

14

En retrouvant nos pas empreints sur la poussière,

Oh ! je ne sais alors pourquoi sous ma paupière,

    Je sens quelques larmes courir,

Pourquoi je deviens triste alors qu'à ma pensée,

Comme aux regards ravis une image effacée,

    Notre enfance revient s'offrir !

Qui nous rendra jamais notre folle jeunesse,

Ces jours insouciants, ces moments pleins d'ivresse

    Où, mon bras passé sur le tien,

Oubliant tous les deux les heures écoulées,

Nous aimions jusqu'au soir, sous ces vertes allées,

    A prolonger notre entretien !

Pour nous qui n'avons fait que deux pas dans la vie,

Nous, à qui tout sourit ; nous, dont le cœur envie

    Tous les biens qui brillent aux yeux,

Le passé n'est pas loin... Je crois encore entendre

Les chants et les appels de ta voix fraîche et tendre,

    Nos cris et nos rires joyeux....

Mais il m'est déjà cher, à moi, pauvre poëte!. .
Bien souvent en secret je pleure et je regrette
    Ce temps qui ne reviendra plus!
Alors, dans sa douleur mon âme recueillie,
Regarde l'avenir, et parfois elle oublie
    Des regrets toujours superflus.

Nous savons à quels vents livrer notre espérance,
Mais que nous garde-t-il, cet avenir immense?
    Hélas!... je l'interroge en vain....
Sans un accueil ami que la fortune passe,
Si l'amour dans nos cœurs a la plus large place,
    Si l'amitié nous tend la main!..

La gloire fut longtemps et mon but et mon rêve,
Mais le doute aujourd'hui dans mon âme se lève,
    Et je n'y crois plus qu'à moitié;
Incertain et troublé, je reviens à ma mère,
A ma mère qui dit que tout est éphémère
    Hors la sagesse et l'amitié!...

LE MOIS DE MAI.

Beau mois de mai, salut, toi qui fais naître
Les fleurs des champs et les vertes moissons ;
Dans les palais, au seuil du toit champêtre,
Ramène enfin la joie et les chansons.
L'hiver n'est plus, et l'approche de Flore
Soudain éveille Apollon et l'Amour :
Tous deux, amis, nous charmeront encore ;
Du mois de mai, saluons le retour !

14.

Au son du fifre, allez de vos quadrilles

Sur ces gazons former les nœuds charmants ;

Dansez, chantez, folâtres jeunes filles,

Dansez, chantez, heureux couples d'amants !

Ornés de lierre, abrités sous la treille,

Vous que Bacchus a vus suivre sa cour,

N'épargnez pas cette liqueur vermeille ;

Du mois de mai saluons le retour !

Sous le tilleul dont on lui doit l'ombrage,

Voyez s'asseoir un paisible vieillard ;

Au souvenir des jeux de son bel âge,

Comme de loin il vous suit du regard !

« Enfants, dit-il, ces jeux que je regrette,

» Ainsi que moi, vous fuiront tour à tour. »

Puis souriant, tout bas il vous répète :

Du mois de mai saluons le retour !

Laissant dormir sa houlette légère,

Et dans les prés oubliant son troupeau,

Chaque berger pour charmer sa bergère,

Sur la musette essaie un air nouveau.

Sur les buissons les roses vont éclore,

Et vous, cachés dans les bois d'alentour,

Petits oiseaux, au réveil de l'aurore,

Du mois de mai, vous chantez le retour !

Venez, amis, c'est Momus qui nous mène

Prendre sur l'herbe, et loin de la cité,

Un long repas où l'on porte sans gêne

Son meilleur vin et sa franche gaieté.

Ces frais bosquets nous offrent leur retraite :

Mais quoi !... du bruit dans ce lointain séjour !

Arrêtons-nous... c'est Colin et Lucette....

Du mois de mai, saluons le retour !

Vous, mes amis, qui daigniez me sourire
Lorsque ma muse a pris son jeune essor,
Avec le mien que votre cœur désire
Dans soixante ans de nous aimer encor !
Que tous ensemble, au joyeux bruit des verres,
Chantant alors, comme en cet heureux jour,
Ces gais refrains qu'ont répétés nos pères :
Du mois de mai nous fêtions le retour !

LE CHEVALIER RODOLPHE.

Picciola é l'ape, e fa col picciol morso
Pur gravi e pur moleste le ferite.
Ma qual cosa é più picciola d'amore,
Se in ogni breve spazio entra, e s'asconde
In ogni breve spazio, or sotto a l'ombra
Delle palpebre, or tra minuti rivi
D'un biondo crine, or dentro le pozzete
Che forma un dolce riso in bella guancia'
E pur fa tanto grandi, e si mortali,
E cosi immedicabili le piaghe.

L'abeille est petite, et fait avec de petites
morsures, des blessures piquantes et doulou-
reuses. Qu'y a-t-il de plus petit que l'amour,
puisqu'il entre et se cache dans le plus petit
espace, tantôt à l'ombre des paupières, tantôt
sur les tresses de blonds cheveux, tantôt dans
les fossettes que forme un rire agréable sur de
belles joues ; et cependant il fait des blessures
amères, mortelles, incurables.

LE TASSE.

I.

C'était fête au manoir ; sous ses voûtes gothiques,

De quarante flambeaux les lueurs fantastiques

Sur douze chevaliers jetaient de sombres feux :

Et, charmant du festin les heures fugitives,

Circulaient bruyamment parmi les gais convives

Le rire et les refrains nés des vins généreux.

Puis vinrent les récits des galantes prouesses ;
Chacun porta bien haut l'objet de ses tendresses ;
Et, plus bas, raconta, riant de maint époux,
Sur les murs hérissés l'escalade hardie,
Ou bien par quelle ruse habilement ourdie
On l'adora longtemps loin des regards jaloux.

Nul d'eux n'avait jamais rencontré de rebelles :
Les uns montraient dans l'or des cheveux de leurs belles,
Les autres une écharpe aux changeantes couleurs ;
Le moins âgé de tous, en vantant sa constance,
Déroulait, inspirés par les maux de l'absence,
Des messages d'amour tout humectés de pleurs.

Mais seul, morne et rêveur dans l'éclat de la fête,
Prêtant aux vains récits une oreille distraite,
Rodolphe, se taisant, souriait de pitié :
Son cœur n'avait jamais partagé ces faiblesses ;
Et quand tous s'écriaient : Buvons à nos maîtresses !
Seul, il vidait son verre au nom de l'amitié.

Et nos gais amoureux, surpris de son silence,

Le raillaient : — Son amour vit encor d'espérance,

Sans doute il parlera quand il sera vainqueur !

— Fi donc ! il est heureux du jour qu'il cherche à plaire,

Mais en amant timide il aime le mystère.

— C'est pure jalousie, il craint pour son bonheur !

— « Qui me parle d'aimer ? reprit la voix hautaine

Du noble chevalier. — Moi !... Jamais châtelaine

La nuit à son balcon n'attendit mon retour ;

Mes lèvres n'ont jamais, dans des transports frivoles,

Appris à bégayer de mielleuses paroles;

Qui ne sait que j'ignore et méprise l'amour ?

» Ne préférai-je pas à vos fades caresses,

A vos bandeaux de jais aux gracieuses tresses,

Aux anneaux ondulés de tous vos cheveux blonds,

D'un cheval au galop la crinière flottante,

Ou voir se redresser sous ma main caressante

Le col souple et luisant de mes fiers étalons !

» Que me font des regards les promesses discrètes ?
Je préfère aux douceurs des oisives conquêtes
La lutte avec l'épieu contre un noir sanglier ;
Et je ris quand je vois, pour attendrir sa dame,
Ou pour mêler des sons aux accents d'une femme,
La harpe du trouvère aux mains d'un chevalier !

» Quelle voix est plus douce aux oreilles humaines
Que les vents orageux sifflant dans les vieux chênes,
Que l'éclat de la trompe au travers des grands bois,
Que les glapissements des meutes en furie,
Le fracas des torrents et le cri d'agonie
Que sous la dent des chiens.brame un cerf aux abois ?

» Oh ! je prends en pitié vos cœurs de tourterelles !
Tous vos soupirs perdus aux genoux des cruelles,
Et tous vos lais plaintifs, ô pauvres amoureux !
Et vos tremblants aveux et vos baisers timides
Ne valent pas l'éclair que dans ses bonds rapides
Fait jaillir sous son pied mon coursier vigoureux !

» Aux chaînes d'un tyran, imprudent qui se livre !
Au festin de l'Amour, bien plus fou qui s'enivre !
Honte à qui ne sait pas vaincre ce bel enfant !
Moi, je le jure ici : Cet enfant que je brave
Jamais ne poussera, me voyant son esclave,
Pour railler mon défi son rire triomphant!... »

— Quel vieillard édenté t'enseigna ce langage ?
— Vous fuyez la raison et je vous parle en sage. —
Ainsi jusqu'à minuit l'orgueilleux châtelain
Sut rire de l'amour, des amants, des amantes,
Et mêler aux longs chocs des coupes écumantes
Mille propos frondeurs, enfants de son dédain.

II.

S'amor non é, che dunque é quel ch'io sento
Ma s'egll é amor, per Dio! che cosa, e quale!
S'é buona, ond'é l'effetto aspra, mortale?
S'é ria, ond'é si dolce ogni tormento?

Si ce n'est pas de l'amour, qu'est donc ce que
je sens? Mais si c'est de l'amour, ô Dieu ! qu'est-
ce que c'est que l'amour? S'il est bon, pourquoi
l'effet en est-il dur et mortel, s'il est méchant,
pourquoi ses tourments sont-ils si agréables.

PÉTRARQUE.

Les frimas n'étaient plus; Avril naissait à peine,
Et tout avait changé dans son bruyant domaine :
Ses dogues s'engraissaient et dormaient dans la cour;
Inactifs à l'étable, étonnés du silence,
Ses ardents destriers piaffaient d'impatience,
Et lui, seul et morose, il rêvait tout le jour!

Il répétait un nom qu'on ne pouvait comprendre,
Et maint de ses varlets s'étonnait de surprendre
Des plaintes dans sa voix ou des pleurs dans ses yeux :
Et parfois les archers, veillant dans la nuit sombre,
A travers les créneaux voyaient errer une ombre
Essayant sur un luth des chants mélodieux.

•

Les cerfs dormaient en paix ; dans les bois solitaires,
Le seul frémissement des brises printanières
Succédait aux clameurs du fougueux hallali ;
Mais souvent, de l'ivresse implorant la magie,
Le vaillant suzerain dans les bruits de l'orgie
D'un mal qui le rongeait semblait chercher l'oubli.

Or, pourquoi souffrait-il ? — D'une chasse lointaine
Un soir qu'il revenait, chevauchant dans la plaine,
Au détour d'un sentier, le stoïque fervent
Rencontra tout à coup un splendide cortége
Que, sur sa haquenée à la robe de neige,
Une dame aux doux yeux précédait en rêvant.

Que son teint était blanc! Qu'elle était belle et fière!
Elle passa. Le vent emporta la poussière
Que sous leurs pas nombreux chassaient les écuyers,
Il dissipa les bruits de leur marche sonore ;
Et Rodolphe ébloui la contemplait encore....
Puis ce fut tout pensif qu'il gagna ses foyers.

Dès lors plus de repos! L'image enchanteresse
Dominait dans sa vie; il la voyait sans cesse;
Elle occupait ses jours et troublait son sommeil ;
Il lui semblait renaître...., il aimait une femme !...
Et ce trouble divin l'étonnait, car son âme
N'avait dans nul plaisir rien trouvé de pareil.

Oh! qu'il en eût donné des meutes bondissantes,
Des chasses dans les bois, des fanfares bruyantes,
Et des nerveux coursiers aux crins touffus et longs,
Pour sentir deux bras blancs à son cou se suspendre,
Et sur son front pâli le frisson se répandre
Au contact parfumé de soyeux cheveux blonds !

Il eût fait mutiler son blason séculaire,
Il eût vendu son nom, il eût vu sans colère
Renverser à ses yeux les créneaux de sa tour
Pour entendre les sons d'une bouche adorée
Murmurer, et remplir son oreille enivrée
De soupirs ravissants et de serments d'amour !

Mais las ! le désespoir devait briser sa vie :
L'inconnue aux doux yeux languissait asservie
Aux lois d'un vieux baron soupçonneux et jaloux ;
Mieux que sur ses trésors il veillait sur la belle ;
Outre qu'il l'épiait, sa garde était fidèle,
Hauts étaient ses remparts, solides ses verrous.

Comme un aigle abattu qui palpite et se traîne,
Sombre, amaigri, brisé sous le poids de sa peine,
Inclinant vers la terre un front décoloré,
Le jeune châtelain se glissait dès l'aurore
Sous ses murs, où la nuit le surprenait encore
Attachant sur les tours son regard éploré.

15.

« Amour ! s'écriait-il, tu veux donc que je meure !

» Oui, je le sens enfin, tu nous viens à ton heure !

» Moi si fier de ma force, un regard m'a vaincu :

» J'ai souffert tes douleurs sans connaître tes charmes,

» Et n'ai-je pas, cruel, expié par mes larmes

» Les jours qu'en mon orgueil loin de toi j'ai vécu ? »

Il mourut de douleur, le chevalier superbe,

Et sur son mausolée on grava ce proverbe

Sous les lions d'azur de son noble blason :

« Partout l'amour est dieu ; bien fous ceux qui s'en rient,

» Car ce petit enfant, des cœurs qui le défient,

» Grâce aux yeux d'une femme aura bientôt raison. »

LES AMANTS ET LE PETIT OISEAU.

Un folâtre petit oiseau
N'ayant encor nulle science,
Crédule et sans expérience,
Vint à tomber dans un réseau.
Un villageois du voisinage
Le vit se débattre ; il courut,
Le prit, admira son plumage.
Bref, notre prisonnier lui plut :
Il l'emporta, le mit en cage.
Or, c'était un jeune berger,
Et tout berger a sa bergère ;
Sur le trône, dans la chaumière,

Partout l'amour va se loger...

Il est si doux de partager

Les biens et les maux de la vie !

Chaque revers que l'on essuie

A deux paraît bien plus léger,

Et chaque plaisir s'en augmente.

« Dieu ! se dit notre jouvenceau,

» Combien Jeanne sera contente !

» Vite, portons-lui ce cadeau. »

Et de courir... Le pauvre oiseau,

Chemin faisant, battait en vain

D'une aile blessée et tremblante

Les durs barreaux ; puis, las enfin,

D'une voix douce et suppliante :

« Cruel, pourquoi me retenir?

» Que t'ai-je fait? Laisse-moi fuir,

» Je sais chanter ; sur ta fenêtre

» J'irai, quand les jours seront beaux,

» Te gazouiller des airs nouveaux.

» C'est ce printemps qui m'a vu naître :

» Doit-il aussi me voir souffrir,

» Souffrir, hélas ! mourir peut-être...
» Ouvre, ami, laisse-moi partir. »
Les amoureux n'ont l'âme tendre
Que pour l'objet de leurs amours ;
Ils se fâchent ou font les sourds
Quand la pitié se fait entendre,
Le pauvret eut beau supplier ;
Lucas, amoureux et geôlier,
Ne voulut jamais rien comprendre.

Je laisse à penser quel plaisir
Fut celui qu'éprouva la belle ;
Le don devançait un désir
Et venait d'un amant fidèle.
Un gros baiser en fut le prix.
Quoi ! diront mes lecteurs surpris,
Un seul ?... un seul... Jeanne était sage,
Bien qu'on lui comptât vingt printemps,
Des attraits et des courtisans
Plus que de coqs dans son village.

Le bien-aimé, c'était Lucas,

Lucas qui, faute de courage

Ou d'occasion, n'osait pas

De Jeanne exiger davantage.

Le captif eut aussi son tour ;

On le nomma mon bel amour,

Mon mignon... puis mille tendresses...

On baisa son soyeux duvet.

J'imagine que le pauvret

Se fût bien passé des caresses

Qu'en secret Lucas enviait.

La blanche main qui le choyait

N'était qu'une prison nouvelle,

Moins commode, bien que plus belle.

Il mourait de peur, quand soudain

La fillette entr'ouvrit la main...

Et l'oiseau de jouer de l'aile.

D'abord, attiré par le jour,

Il va se heurter la cervelle

Sur les vitres, puis, tour à tour,

Sur les buffets, sur la couchette,

Vole, revient, fait maint détour,

Mais sans trouver une retraite

Ou le moindre trou pour s'enfuir.

Tous deux, jaloux de le saisir,

Le poursuivaient de place en place

Avec ardeur... Dans cette chasse

Rien ne fut perdu pour l'amour.

On prenait un bras fait au tour,

Ou bien une taille divine,

Tout en courant. L'heureux Lucas

Parfois pressait les frais appas

Qu'un corset protége et dessine ;

Mais c'était l'effet du hasard.

Une fois même, à son regard,

D'une jambe fine et cambrée

La jarretière fut livrée ;

Ne sais comment se fit le coup,

Mais Jeanne en rougit beaucoup.

Sous le menton de la fillette,

Dont le corset bâillait un peu,

Serré de près, las de ce jeu,

L'oiseau croit voir une cachette.

Comme il allait être repris,

Il s'y plonge... Jugez des cris !

Que Jeanne était embarrassée !

Mais, plus prompte que la pensée,

La main de Lucas le suivit ;

Ce ne fut pas l'oiseau qu'il prit,

Et pourtant il prit quelque chose.

Est-ce un œillet? est-ce une rose?...

— Toute fillette à son corset

Met quelques fleurs. — Las ! on ne sait ;

N'insistez pas, c'est lettre close.

La bergère pâlit soudain,

Se fâcha, voulut se défendre,

Essaya des cris, mais en vain,

Car l'oiseau seul pouvait l'entendre.

Puis, Jeanne parut s'apaiser,

Puis retentit comme un baiser,

Puis... laissant Lucas et sa belle,

L'oiseau, plus loin, part d'un coup d'aile.

Sa grande affaire était de fuir ;

Par où? comment y parvenir?

Il cherchait, quand s'offre à sa vue,

Sous la porte, une étroite issue ;

Il s'y glisse, fait mille efforts,

Se débat, pousse... il est dehors !

Le ciel bleu, les fleurs, la verdure,

Tout lui paraît plus enchanté,

Plus vif l'air de la liberté,

Plus doux les biens de la nature

Qu'il croyait à jamais perdus !

Puis, à ses frères du bocage,

Il conte, en lissant son plumage,

Tous les dangers qu'il a courus.

UN ÉPISODE DE CHASSE.

Amis, prêtez l'oreille à mon histoire,
Le fait est vrai, gardez-vous d'en douter;
Par son héros je l'ouïs raconter,
C'est un Bressan, donc vous pouvez me croire;
Dans aucun cas un Bressan ne mentit,
Quoique chasseur : en vers ou bien en prose,
Si l'on y tient, je puis prouver la chose.
Cela posé, venons à mon récit.

C'était le temps où chacun fait la guerre
Aux animaux ; les uns dans les guérets,

Avec l'appât les prennent dans des rets ;

D'autres encore, au bruit de leur tonnerre,

Portent l'effroi jusqu'au fond des forêts.

Parmi ceux-là mon héros prend sa place ;

Or, comme un jour il ne faisait pas chasse,

Pour s'exercer, de buissons en buissons,

Il poursuivait d'innocents oisillons ;

Tous se cachaient, ou bien, jouant de l'aile,

Allaient plus loin achever leurs chansons ;

Tant ils ont peur de la race cruelle

Qui cependant d'humaine a pris le nom ;

Car tant petit et malheureux soit-on,

Tous ici-bas ne demandons qu'à vivre.

N'ayant pas eu la patience en don,

Déjà notre homme, ennuyé de les suivre,

Sur l'herbe tendre, en de champêtres lieux,

Pour faire un somme, avisait quelque ombrage,

Lorsque soudain se présente à ses yeux

Un geai... Joyeux, et fier de son plumage,

Beau petit-maître, il sautait, gambadait
D'un arbre à l'autre, et faisant son ramage,
Il s'arrêtait, et puis se panadait,
Venait à terre et bientôt remontait.
Notre chasseur alors sans plus attendre
Reprend sa marche, et pour mieux le surprendre,
A pas de loup il l'épie, il le suit,
Retient son souffle, arrête au moindre bruit,
Se glisse et va tout le long d'une haie,
En se courbant pour ne pas être vu.
Outre qu'un geai de finesse est pourvu,
La peur le tient et d'un rien il s'effraie,
L'instinct le pousse à veiller sur son sort.
Voyant celui qui conspirait sa mort
Et le voulait mettre en sa gibecière,
Sans raisonner, mais sage à sa manière,
L'hôte des bois se lance, crie et part
Loin du tireur qui le suit du regard
Et l'aperçoit se poser sur un chêne;
Avec ardeur celui-ci d'y courir,
Mais un caillou qu'en sa marche il entraîne,

16.

Avec fracas roule et vient lui ravir

Tout son espoir et le fruit de sa peine;

L'oiseau l'entend et recommence à fuir.

Durant une heure ils firent ce manége ;

Près de son geai, l'homme arrivait enfin,

Quant tout à coup un mal affreux l'assiége;

Mal nécessaire et qu'on élude en vain,

Qui nous atteint, nous tous tant que nous sommes,

Jeunes et vieux, exempts de tous les maux ;

C'est un besoin ; ainsi qu'aux animaux,

Depuis Adam, il fut commun aux hommes.

Ce mal, qu'hélas ! je ne puis vous nommer,

Comme le mieux est de s'y conformer,

Lors, mon héros, pressé par la nature,

Pour parler net, s'était mis en posture.

Sa gibecière à ses côtés gisait,

Tout près aussi son arme reposait ;

Sur lui planait l'ombrage d'un vieux hêtre,

Et là, tranquille, autant qu'on le peut être

En pareil cas, pensif, il oubliait
L'oiseau peureux qui toujours s'enfuyait.

Mais tout à coup l'arbre s'agite au faîte,
Notre chasseur entend un bruit léger,
Et de ce bruit il s'émeut, s'inquiète,
Tout aussitôt est prêt à déloger.
En ce moment il sentit sur sa tête,
Dans ses cheveux quelque chose glisser ;
Avec la main il cherche... ma voix n'ose
Dire le nom qu'on donne à cette chose,
Car le respect me vient embarrasser ;
Je le tais donc, lecteur, mais j'imagine
Que votre esprit aisément le devine.
L'homme troublé se lève furieux
Et veut de mort punir l'audacieux ;
Déjà sa main, que conduit la colère,
Pour la vengeance a repris son tonnerre.
Dans le feuillage il voit... Mais qu'a-t-il vu ?

Il reste fixe... ô muse! pourrais-tu
Peindre jamais sa surprise et sa joie,
Tous ses transports à ce coup imprévu?
Il en pâlit; c'était... c'était sa proie!
C'était son geai qui, pour lui faire affront,
Pour le braver, avait sali son front.
« Te voilà donc? attends, mon camarade,
» C'est pour le coup que tu me vas payer
» Mes pas perdus et surtout ta bravade;
» Oh! je te dois de te faire empailler!»
Comme tout bas, en lui-même il achève
Ces derniers mots, le canon meurtrier
Jusqu'à son œil lentement il élève,
Il vise bien, il tire..... sort maudit!
L'amorce brûle et seule retentit;
Qui l'eût prévu? sa poudre était mouillée;
Tout le plomb reste, et la bête effrayée
En se moquant repart, et cette fois
Porte son vol jusques au fond des bois.
Je ne veux point essayer de vous dire
Comment notre homme exhala sa fureur;

Mais à quoi bon en prendre de l'humeur?
A mon avis, il eût mieux fait d'en rire.

Il est des gens faisant les beaux esprits,
Mordant sur tout; il leur faut du sublime.
On les verra traiter avec mépris
Ce badinage ; ils me feront un crime
De telle phrase ou bien de telle rime.
Je l'avouerai, je n'écris pas pour eux !
Que leur suffrage aille à de plus heureux.
Jadis Gresset, par des récits semblables,
Réjouissait des convives aimables ;
Bien loin de lui, pour un sujet nouveau,
Si j'ai tenté de marcher sur sa trace,
Si je voulus imiter son pinceau,
O mes amis ! excusez mon audace ;
Vous récréer était mon seul désir,
Dans ce projet ai-je pu réussir?

ADIEUX

AU COLLÉGE.

1852

Bientôt, amis, bientôt se lèvera l'aurore
Du jour où par l'espoir votre cœur est porté ;
Non, ce jour n'est pas loin : quelques heures encore...
    Et le temps nous l'aura compté.

Vous allez donc revoir la maison paternelle,
Son toit où le matin chantent les passereaux,
L'âtre de son foyer et la blanche tourelle
    D'où s'envolent vos tourtereaux.

Bientôt vous foulerez les fleurs de vos campagnes,

Dont, enfants, vous aimiez à parer votre front,

Et pour vous saluer les échos des montagnes·

       A votre voix s'éveilleront.

Bientôt vous sentirez passer dans vos poitrines

Cet air libre des champs, si pur à respirer,

Lorsque dans les sentiers verdoyants des collines

       Votre marche ira s'égarer.

Oui, vous allez revoir votre mère joyeuse

De couvrir votre front des baisers les plus doux,

Vous serrer sur son cœur, et doublement heureuse

       De revivre encore dans vous ;

Et vos frères restés à l'abri de son aile,

Et vos sœurs dans vos bras se jeter tour à tour,

Et bondir à vos pieds le lévrier fidèle

       Qui fête aussi votre retour ;

Et l'aïeul dont les yeux ont peine à reconnaître
Vos traits qu'un an de plus fit encore mûrir,
Et le vieux serviteur, amis, qui vous vit naître
    Et que, vous, vous verrez mourir.

En retrouvant ces lieux où vous prîtes naissance,
Vous croirez revenir à vos premiers beaux jours,
A ce bonheur paisible, à ces jeux de l'enfance
    Que le cœur regrette toujours.

Mais loin de cet asile, asile heureux et sage,
Où des nobles vertus on vous traça les lois,
Aux premières leçons que reçoit le jeune âge,
    Amis, revenez quelquefois.

Et vous, qui consacrez vos soins à la jeunesse,
Qui formez son esprit en épurant son cœur,
Vous par qui nous suivrons les lois de la sagesse,
    De la sagesse et de l'honneur,

17

Acceptez aujourd'hui notre reconnaissance,
Et que notre amitié, nos vœux et nos regrets
Vous assurent du moins la douce récompense
    Réservée à tous vos bienfaits.

Adieu, partez, amis, les plaisirs vous attendent ;
Bercez-vous dans l'espoir d'un riant avenir,
Et donnez à mes vers le peu qu'ils vous demandent :
    Gardez-moi votre souvenir !....

FIN.

TABLE

FIN DE LA TABLE.

Saint-Denis. — Typ. de Drouard.

ERRATUM.

Page 60, vers 7, au lieu de *humides*, lisez : *timides*.

www.ingramcontent.com/pod-product-compliance
Lightning Source LLC
Chambersburg PA
CBHW051639050726
47502CB00011B/1577